『連帯惑星ピザンの危機』

「あたくしはアルフィンと申します。ピザンからまいりました」
凛とした声で、言った。(63ページ参照)

ハヤカワ文庫JA

〈JA935〉

クラッシャージョウ①

連帯惑星ピザンの危機

高千穂　遙

早川書房

6362

カバー／口絵／插絵　安彦良和

目次

連帯惑星ピザンの危機

第一章　王女アルフィン

1

暴動は、日没の直後に発生した。

その一時間後には、宮殿は二十万人を越える暴徒の群れに包囲されていた。二十万人は、太陽系国家ピザンの首都、ピザンターナの総人口のほぼ六割に相当する。それだけの市民が、ピザンターナのあちこちから、いっせいに宮殿へと押し寄せてきた。

宮殿は、ピザンターナの中心に位置していた。

周囲十二キロメートルという広大な中央公園の、さらにその真ん中に石造りの宮殿がそびえ立っている。国王の公邸を兼ねているということで、二か所に設けられた門からの出入りにこそ多少の制限があるものの、中央公園には、これといって特別な防御シールドは張りめぐらされていない。条件は、ごく一般的な政府庁舎と同じである。行こうと思えば、公園内にある金属壁の手前、宮殿が手を伸ばせば届きそうなところまでは誰でも行くことができる。事実、宮殿を取り巻いている中央公園は、ピザンターナ市民の重要な憩《いこい》の場となっている。

暴動の渦《うず》は公園を横切り、宮殿の門を目指していた。

ほとんどの市民は素手であったが、なかには、工場や病院から持ちだしたのだろうか、特殊なレーザーガンや超音波銃を手にしたものもいる。制服を着用して、大型のレイガンやビーム・ライフルで武装しているのは、現職の警官である。一般人には所持が禁じられているヒートガンを振りかざしているものもいる。裏の商売に関係している連中だろう。銀河系でもっとも治安にすぐれた国と讃えられていても、やはり暗黒街は存在する。かれらも仇敵《きゆうてき》である警官や普通の市民と一緒になり、暴徒となって宮殿の周囲を埋め尽くしていた。

午後六時二十一分。

一日の執務を終えたピザンの国王、ハルマン三世は宮殿の居間にいた。

近侍のものも退らせ、ただひとりであった。

居間にはオーディオ・システムが備えられている。そこで好きな名曲の流れの中に心を漂わせ、晩餐《ばんさん》の前のひとときをゆったりと過ごそうとしていた。

しかし、国王のその望みはかなえられなかった。

　ノックや呼びかけもなく、居間の扉がいきなり荒々しくひらかれた。

　国王が、ちょうどソファの脇にあるオーディオの制御卓に指を置こうとしたときだった。

　背の高い、痩身《そうしん》の男が居間に駆けこんできた。

　内務大臣のノルデスである。ノルデスは血相を変え、髪を逆立てている。

「陛下」

　ノルデスが言った。喉《のど》の奥から、絞《しぼ》りだしたような声であった。それだけ言って、内務大臣は絶句した。ここまで全力で走ってきたらしく、息があがってしまっている。

「なにごとだ？」

　大臣のただならぬ様子にハルマン三世はソファから腰をあげ、ノルデスの前に立った。

「は、反乱が……」

　何度か深呼吸して息をととのえ、ノルデスはようやくかすれた声を発した。

「はんらん？」

　ハルマン三世は眉をひそめた。国王には、ノルデスの言っていることの意味がよくわからない。

「反乱です」内務大臣は繰り返した。

「市民が手に武器を把《と》り、宮殿に押し寄せてきています！」

そこで初めて、ハルマン三世は〝はんらん〟の意味を正しく理解した。

「反乱！」

「武装クーデターだというのか？」

目を見ひらき、ハルマン三世はノルデスに問いただした。

「たったいま、衛兵が知らせをもたらしました」ノルデスは言う。

「わたしも警備用のスクリーンで外を見ましたが、すでに中央公園は何万人という市民で隈《くま》なく覆われ、群集は宮殿内になだれこむ寸前となっております」

「なんと」

ハルマン三世は声を失った。市民の反乱など思いもよらぬことであった。たしかにピザンは王制を敷いている。しかし、専制君主国ではない。ピザンの王制はピザン独特のシステムで国民と議会によって運営されており、政治に不満があれば、クーデターなどという非常手段にたよらなくとも、国王はリコールできる。ましてや、ハルマン三世の支持率は最新の調査によれば九十八パーセントを越えている。銀河系には、八千以上の太陽系国家が存在するが、これほど国民に信頼され、慕われている国家元首は、他にはひとりもいない。

それが、クーデターとは。

「陛下！　陛下！」

あらたな人物が、胴間声《どうまごえ》を響かせて、居間に飛びこんできた。警察長官のタルバだった。

タルバはでっぷりと太った巨体を揺るがして、ノルデスの横に並んだ。

「暴動です。武器を手にした市民が宮殿を取り囲んでいます。ここの衛兵だけでは防ぎきれません。ピザンターナの全警察に出動を要請しましたが、その命令は無視されました」

タルバは甲高《かんだか》い声で言った。興奮のピークにあるらしく、ものすごい早口だ。

「わたしの執務室に行く」

タルバの報告を聞いて、ハルマン三世は言った。

「おもだった閣僚をみな集めろ！」

国王の執務室には、ピザンの全土につながる情報ネットワークシステムのメインコントロールセンターがある。太陽系国家ピザンはひとつの惑星だけで国家が成り立っているのではない。恒星ピザンをめぐる六個の惑星すべてに植民がなされており、それぞれに州都が設けられている。首都ピザンターナがあるのは、第一惑星のアル・ピザンである。国王はこのアル・ピザンに身を置き、執務室の情報ネットワークを通じて、他の五個の惑星、ジル・ピザン、ゲル・ピザン、デル・ピザン、ガル・ピザン、ドル・ピザンを統治している。

ハルマン三世は足早に扉のほうへと進んだ。ノルデスとタルバが、そのあとを追おうとした。

そこへ。

「長官、大変です!」

紺色の制服を着た、若い護衛官がやってきた。国王の姿を目にして、あけ放しになっている居間の扉の端に背筋を伸ばして立ち、敬礼した。声がうわずっている。

「どうした? なにごとだ!」

タルバが一歩、前にでた。

「宮殿をでた衛兵が、つぎつぎと暴徒の群れに加わっています」

うわずった声のまま、護衛官は報告した。

「暴徒に?」

タルバは目を剝《む》いた。

「ひとり残らずです。門の手前に車両をならべて保塁《ほるい》を築こうと派遣したのですが、外にでると同時にことごとく倒れ、起きあがったときにはもう別人のようになっていました」

「そんな馬鹿な」

タルバとノルデスは顔を見合わせた。

その一報がきっかけとなった。

忌《い》まわしい報告がひっきりなしに届くようになった。

護衛官と事務官が、入れかわり立ちかわりあらわれ、状況を伝えはじめた。

「正門が破られました！」

「暴徒がなだれこんできます！」

「市民はなにごとか叫びながら、玄関や窓に殺到しています！」

「歓喜門もだめです！」

報告はひきもきらない。歓喜門とは宮殿の裏側の門だ。門に独立を祝う市民の姿が刻まれているので、そう呼ばれている。

そして。

「叫び声を確認しました！　ハルマン死ね。国王はガラモス様だ！　と怒鳴っています」

額から血を流した衛兵のひとりが、予想だにしなかった情報を運んできた。

この報告を聞いて、ハルマン三世は驚愕《きょうがく》した。

「ガラモス！」

そこへ、さらにつぎの報告がくる。

「反乱はピザン全土に及んでいます！」

ピザン全土とは、このアル・ピザンだけではなく、ほかの五つの惑星もすべてということである。

「州都の知事と連絡をとったのか？」

ノルデスが報告にきた事務官に訊《き》いた。

「はっ。議会、公邸、行政庁舎など、あらゆる場所に通信を送ってみましたが、返ってくる答は一様に、ハルマン死ね。国王はガラモス様だ、と……」

「暴動はどうなんだ？」タルバが横から口をはさんだ。

「他の星でも起きているのか？」

「よくわかりませんが」とまどったように事務官は答えた。

「映像で見る限りでは平穏です。そういった気配は感じられません」

「すると、ピザン中で暴動が発生したのはこのピザンターナだけ」

ノルデスがつぶやくように言った。その独白を耳にしたハルマン三世の目が、いきなり大きく見ひらかれた。

重大なことに思いあたったのだ。

映像。ガラモス。そして、宮殿からでるやいなや暴動に加わる衛兵たち。

こういった断片的な情報が、ハルマン三世の頭の中で、ひとつの仮説となって組みあがった。

「ガラモスだ」ハルマン三世は、うめくように言った。

「ガラモスの立体テレビだ！」

2

「立体テレビですと？」

ノルデスが怪訝《けげん》な表情で、国王を見た。

「そうだ」

ハルマン三世は大きくうなずいた。

「陰謀なのだ。すべてはガラモスの。あやつが立体テレビを悪用したのだ」

「悪用とは……」

ノルデスには、まだなんのことかわからない。

ガラモスが立体テレビの放送網をピザン全域につくりたいとハルマン三世に申しでたのは、一年ほど前のことだった。

ガラモスはピザン宇宙軍付属の電波研究所の所長をしていた技術将校である。太陽系国家ソルの大学に留学し、そこを優秀な成績で卒業した軍きってのエリートであった。

そのガラモスが、新方式の立体テレビのシステムを独力で完成させたのだ。

現在の地位と中佐という階級をなげうっても、この放送網を築きあげ、ピザンの文化向上のために役立ちたい、とガラモスは上奏文に書いてきた。

ほかならぬガラモス中佐の申請である。莫大な予算を必要とする統一放送網の開設に消極的だったハルマン三世も、この件には前向きに対処した。推薦《すいせん》も、各方面から寄せられていた。宇宙軍に至っては、最優秀の将校を失いたくはないが、国の将来を思うと反対できないという内容の最高司令長官からの要望書を届けてきた。議会にも、異議はなかった。それほどに、ガラモスの能力は高く評価されていた。

二か月におよぶ検討の結果、ハルマン三世はガラモスの申請を受理し、放送網の開設を許可した。たしかに、ピザン国民は娯楽と教養を欲している。いま与えられているレベルでは満足していない。

しかし、この放送局の開設こそガラモスの陰謀のかなめであった。

巨大な電波タワーをアル・ピザンに建てたガラモスは、数十基の通信衛星を打ちあげ、ピザンの隅々に立体テレビの電波が行き渡るようにした。

受信機も大量に生産して、破格の価格で各家庭に提供した。受信機の普及率は、わずかひと月でピザンの全世帯数の八割強に達した。

短い実験放送の期間を経て、本放送がはじまった。ガラモスが開発した立体テレビの映像は、これまでに実用化されたどの３Ｄシステムよりも画像が安定しており、色彩も豊かだった。

ピザンの市民は大仰《おおぎょう》な言い方をすれば、立体テレビのとりこになった。人気番組の視聴率は九十パーセントに迫り、本放送開始から二か月後には、放送時間も一日五時間から十二時間へと延長された。ピザンの各惑星ごとに設立されていた旧来のテレビ放送網は廃止された。

こうやって立体テレビの網が完全にピザン全土に張りめぐらされたところで、ガラモスはかねてより企んでいた計画を実行に移した。

テレビ電波に、強力な催眠《さいみん》暗示を織りこんだのだ。長いあいだ影響を受けていると、ガラモスのいいなりになってしまう催眠暗示を。

ピザンの市民は、誰ひとり気がつかぬうちに、ガラモスの操り人形となった。

そして、きょう、ガラモスは立体テレビを通じて、命令を発した。もっとも人気のある夕方の番組がはじまってすぐのことであった。

命令は、簡潔だった。

〝ハルマン死ね。国王はガラモス様だ〟

「わたしは、このことを懸念《けねん》していた」ハルマン三世は沈鬱《ちんうつ》な表情で言った。

「3Dシステムは人間の意識下に多大な影響を与える恐れあり、との研究結果も学会で発表されている。それだけに、わたしは一部の閣僚の何人かに石橋を叩きすぎると言われたほど、この件に関しては審議を尽くした。にもかかわらず、結果はこのようになってしまった。わたしは慚愧《ざんき》に耐えない」

「あのガラモスが、国家に牙を剝《む》くとは」ノルデスが信じられないというように、弱々しくかぶりを振った。

「わたしは悪い夢でも見ているような気がする」

「ガラモスは、暴動など起こさずに静かに反乱を成功させたかったはずだ。そのほうが銀河連合に知られずにすみ、よけいな軋轢《あつれき》を回避できる」ハルマン三世が言を継いだ。

「しかし、それはできなかった。なぜなら、行政の中心であるこの宮殿の内部は、あらゆる電波から隔離されているからだ」

「そこで市民に暴動を起こさせて、われわれを葬ろうとしたのですな」

ノルデスも、ようやく陰謀のすべてを悟った。

「卑劣だ、卑劣極まりないやり方だ！」

タルバが顔を真っ赤にして怒鳴った。

そのときだった。

「タルバ長官！」

制服をズタズタに裂かれた護衛官が、転がるように居間の中へと飛びこんできた。

「暴徒です」護衛官は敬礼もせず、叫ぶように言った。

「暴徒が宮殿内に侵入しました。このままでは食い止めることができません。発砲の許可をください！」

「いかん！」

タルバではなく、ハルマン三世が応じた。

「それはできん。市民は操られて暴動を起こしたのだ。かれらに罪はない。殺したり傷つけたりするわけにはいかぬ。それに発砲したところで効果はないだろう。催眠状態の者は恐怖をおぼえない」

「では、どうすれば？」

ノルデスが問うた。

「もはや、われわれが助かる道は、万にひとつもない」ハルマン三世は、静かに首をめぐらした。

「だが、ピザンは救わねばならぬ」

そこでハルマン三世ははっとしたようにおもてをあげた。

「暴徒は、宮殿のどのあたりまできている？」

護衛官に視線を向けて、口ばやに訊《き》いた。

「まだ入口の大ホールくらいでしょう」ようやく落ち着いたのか、護衛官は片膝を折り、右手を床について答えた。

「あそこには、バリケードが築いてあります」

「では、すぐにわたしの居館に走ってくれ」ハルマン三世は言った。

「アルフィンを。アルフィンをここに連れてくるのだ」

「はっ！」

護衛官は一礼して、居間を去った。

ほどなく、ハルマン三世の娘アルフィンと、その母エリアナを伴って、護衛官は戻ってきた。

「陛下、この騒ぎはいったい……」

不安げな表情を浮かべてエリアナが問う。

ハルマン三世は、片手をあげて、王妃を制した。

かいつまんで、これまでの状況を語った。

「ガラモスが謀反《むほん》を！」

エリアナも色を失った。

「われわれは、これまでだ」抑えた声でハルマン三世は言った。

「しかし、心残りなのはピザンの行く末。このままでは、ピザンは恐ろしいことになる。

――そこでアルフィン」

ハルマン三世は愛娘《まなむすめ》に向き直った。

「なんでしょう、おとうさま」

　硬い表情で、アルフィンは父を見た。

「宮殿の中庭に、エマージェンシー・シップの発射サイロがある。おまえは、その船でピザンを脱出し、銀河連合にこの件を提訴してほしいのだ」

「あたくしが行くのですか？」

「そうだ」ハルマン三世はうなずいた。

「もし、わたしや大臣が宮殿にいないとわかれば、ガラモスはきっと警戒する。だが、おまえならば目立たない。ガラモスは見逃すはずだ。行方不明と知っても徹底的に捜索することはないだろう」

「わかりました」

　唇をきつく噛み、強い決意に瑠璃色《るりいろ》の瞳を輝かせて、アルフィンは答えた。

「おとうさま、あたくしは必ずその大任を果たしてまいります」

「頼むぞ」

　ハルマン三世は、アルフィンの肩に両の手を置いた。

　何かが壊れる甲高い音が響いた。

「暴徒です」タルバが言った。

「お急ぎにならないと、中庭にはでられません」

「うむ」

父と娘は、専用エレベータで地下に降りた。

短い通路を進んで、宇宙船の発射サイロの中に入った。

エマージェンシー・シップは、いつでも発射可能になっていた。ハルマン三世は狭いコントロールルームにもぐりこみ、制御卓のスイッチを操作して、サイロのハッチをひらいた。

床がせりあがる。発射ガントリーと全長二十メートルの超小型宇宙船が、ゆっくりと地上に姿をあらわす。

中庭は静かだった。暴徒は、ここまで達していなかった。ガントリーに装備された淡い照明がエマージェンシー・シップを照らし、夜の闇の中に黒い影を浮かびあがらせている。細長い魚雷型をしたエマージェンシー・シップは、ワープができる最小の宇宙船だ。乗員は一名のみ。ワープは最大二百光年の一回限りで、通常航行もほとんどできない。文字どおり、非常時専用の宇宙船である。

アルフィンがガントリーに登り、宇宙船のハッチの前に立った。

下を見おろし、父と視線を合わせる。ハルマン三世は、コントロールルームからでてきていた。

「おとうさま」アルフィンは言った。

「さようならは申しません。きっとまたお会いできると思っています」

「アルフィン」

ハルマン三世は、もう二度と会えないであろう娘の姿をじっと見つめた。

「行ってまいります」

身をひるがえし、ピザンの王女はエマージェンシー・シップに搭乗した。

国王はコントロールルームに戻り、計器をチェックしてから制御卓の発射ボタンを押した。

サイロ全体が、身震いするように揺れた。

オレンジ色の炎が中庭を丸く包んだ。炎は庭木を灼《や》き、土を黒く焦《こ》がした。雷鳴にも似た轟音が闇夜をつんざいた。

ガントリーが倒れた。

エマージェンシー・シップはゆっくりと地上を離れ、上昇を開始した。片道の旅。帰るあてはどこにもない。

コクピットで、アルフィンは強大なGに必死で耐えていた。エマージェンシー・シップには加速時のGを軽減させる慣性中和機構が装備されていない。また自動操縦装置のたぐいも省かれている。アルフィンはピザンの星域を離脱したら、自力でこの船をワープさせねばならない。

最大噴射で、エマージェンシー・シップはアル・ピザンの重力圏を脱した。

アルフィンは意識を保った。

加速を二十パーセントに減じた。本来なら慣性航行に切り換えるところだが、アルフィンはワープを急いでいた。一刻も早く星域外縁に達し、ワープインしたかった。どうせ尽きる燃料なのだ。ならば、そのありったけを加速に費やすべきであろう。

アルフィンにとって、無限とも思える長い時間が経過した。

コンソールの表示スクリーンに、ワープ可能の文字が浮かんだ。

エマージェンシー・シップのワープ機関が、恒星の重力の呪縛《じゅばく》から解き放たれた。

すかさずアルフィンは、ワープの作動スイッチをオンにした。

一瞬のタイムラグをおいて、奇妙な浮遊感覚がアルフィンを襲った。

と同時に、コクピットの正面に設けられていた小さな窓に鮮やかな色彩があふれた。

虹色の光の乱舞。

ワープボウである。エマージェンシー・シップが、通常空間からワープ空間に進入した。

アルフィンは軽いめまいを覚えた。彼女のからだは、狭いコクピットの豆のさやのようなシートに完全に固定されている。そのシートの中で、アルフィンは唇を嚙み、身を激しくよじった。

意識がはるかな高みに持ちあげられ、つぎに底まで一気に突き落とされる。

まるで大波のうねりに弄《もてあそ》ばれているかのようだ。

気が遠くなっていく。

吐き気がこみあげてきた。

悲鳴をあげそうになった。

そのとき。

すべてがふっと消えた。

瞬時であった。嘔吐《おうと》も浮遊感も、そしてワープボウも失《う》せた。

窓外に星空が戻った。外洋航海の経験のないアルフィンが初めて目にする異星域の星空だ。

ワープカウンターの表示が221を示している。燃料計の数字はゼロだ。ワープ燃料も通常燃料も、完全に使い切った。

慣性航行に入ったエマージェンシー・シップの船内は、しんと静まりかえっていた。動力音もコンソールの電子音も絶えた。聞こえるのは、アルフィン自身の息づかいだけである。

パネルの左端に、救難信号の専用スイッチがあった。アルフィンはそれを指先で弾いた。

助けを呼び、漆黒《しっこく》の宇宙空間で、あてもなく救助の手を待つ。

それがエマージェンシー・シップの役割だった。

ガスの噴出する甲高《かんだか》い音が響いた。

甘い香りをアルフィンは嗅《か》いだ。

そこで、記憶は途切れた。

ピザンの王女は、深い眠りについた。

3

岩塊が浮かんでいる。

光点が無数に燦《きらめ》く星の海のただ中に、ひっそりと。

巨大な岩塊だ。シルエットがいびつな楕円形をしている。短径が四、五百キロ、長径は七、八百キロほどもあろうか。岩と呼ぶには大きすぎるが、星と認めるにはいささか小ぶりだ。一般には小惑星と呼びならわされている微小天体ほどのサイズである。

岩塊には、コードネームがつけられていた。

ワーフラ。

束縛する者。

この岩塊を発見した調査船の船長が、かれの知る伝説にちなんで名づけたという。調査船を派遣したのは、政府ではない。オリオン・ラインという民間企業である。オリオン・ラインは海運業界の最大手で、銀河系外洋航路のシェアの十八パーセントを占めている。

オリオン・ラインは、辺境星域に新たな航路の開設を計画していた。調査船は、その航路を決定するために派遣された。

航路を定めるには、ワープポイントを定めなければならない。ワープポイントが決まれば、航路は自然に完成する。しかし、ワープポイントの設定は容易ではない。綿密な調査と慎重な計算が必要とされる。安全性、経済性、カバーする星域など、検討すべき要因が無数にあるのだ。もしもポイントを誤れば、採算にも大きく影響するし、ときによっては重大な事故も発生しかねない。

莫大な時間を費やした調査の結果、オリオン・ラインは予定していた航路に最適のワープポイントを決定した。

ただし、その決定には付帯事項があった。

ワーフラを除去せよ、という一行である。

ワーフラの座標は、重要なワープポイントと重なっていた。ワープポイントをずらすと、採算ベースからはずれる。といって、ワーフラが存在していたのでは、ワープはできない。

つまり、このままでは新航路の開設は不可能ということになるのだ。

ワーフラは破壊されねばならなかった。

それも、ただの破壊ではない。小惑星の完全なガス化が絶対の条件だ。分子のレベルにまでワーフラを分解してしまわねばならない。

その作業を完璧《かんぺき》にやってのけられるのは。

クラッシャー。

宇宙の壊し屋だ。


ワーフラは深い闇に包まれていた。

ワーフラの周囲には光源がない。いちばん近い恒星ですら、十七光年以上の距離を隔てている。むろん、なんの変哲もない岩塊であるワーフラそのものにも、光源などはなかった。星の海洋は、ワーフラの闇に切りとられている。宇宙空間に撒《ま》き散らされた光の流砂の群れが、そこだけ黒く塗りつぶされている。

しかし。

その黒い影の中央に、本来あるはずもないささやかな光が、淡く輝いていた。

光は揺らめき、ときおり不規則に明滅する。

光度に、顕著な変化はなかった。明滅にはべつの理由があった。光が、移動しているのだ。ワーフラの表面を。あわただしく移動して窪《くぼ》みの底に降りたり、岩蔭に隠れたりしている。

作業がおこなわれていた。

その小さな光のもとで。

光の源は、強力なライトだった。ライトは、複雑な形状の工作機械の先端に取りつけられている。鑿岩機《さくがんき》とコンテナの運搬装置とを兼ねた工作機械だ。特注の専用工作機だが、この手のタイプは一般には、もぐら《モウル》という愛称で呼びならわされている。

むろん、この機械も例外ではない。

モウルのまわりを、硬質宇宙服《ハードスーツ》を着た作業員が、忙しく飛びまわっている。宇宙服の背中に組みこまれたハンドジェットを巧みに操って、そこかしこに埋めこまれた測定機器をチェックしている。チェックのたびにモウルの位置を微調整する。

作業員は、小柄だった。ヘルメットの下から窺《うかが》える顔も、ずいぶんと幼い。少年である。せいぜい十四、五歳くらいであろう。

少年は、モウルの微調整を完了した。

キャタピラをロックし、アンカーを打ちこんで、モウルをワーフラの地表に固定した。

モウルが鑿岩を開始する。

パルスレーザーが、岩を砕いた。砕かれた岩は吸引機で地表に吸いあげられ、モウルの脇にうず高く積みあげられていく。パルスレーザー砲は、レーザー光線を断続的に発射して対象物体の内部に衝撃波をもたらし、そのショックで物体を微塵《みじん》に破壊する。直径三メートル、深さ五十メートルの穴が、ものの十分とたたぬうちにワーフラの表面に穿《うが》たれた。

少年はモウルを止めて、ふたつ積んでいるコンテナのひとつを岩塊の表面に降ろした。コンテナには、分子爆弾がおさめられていた。形状は、直径二メートル強の真球。表面が鈍く銀色に輝いている。

この分子爆弾が一瞬にしてワーフラをガスに変えるのだ。

穿ったばかりの穴の底に、少年はクレーンを使って分子爆弾を沈めた。

もうひとつのコンテナにはゾル化したプラスチックが入っていた。そのプラスチックを、少年は穴の中に流しこんだ。プラスチックは流しこむのと同時に凝固《ぎょうこ》した。

少年は、慎重だった。手ぎわもそんなに悪くはない。しかし、ひとつひとつの動作が、いかにもぎごちなかった。何か考えながらやっているような、そんな挙措《きょそ》であった。

ワーフラから数キロを隔てた空間に。

小型の宇宙艇が一機、ワーフラをめぐる軌道を描いてひっそりと浮かんでいた。静止軌道。位置は少年が作業をする地点の真上に固定されている。

宇宙艇は、全長十メートルあまりのデルタ翼機だ。平べったい三角形の機体で、塗色は白。後尾にメインノズルが二本、突きでている。前面には、横長のあまり大きくない窓がある。窓の上、機体の上面にあたるところには赤のデザイン文字で〝J〟が描いてあり、窓の下には黒く〝FIGHTER1〟と描いてある。この〈ファイター1〉というのが、機体の愛称らしい。

〈ファイター1〉に搭乗しているのは、ひとりだけだった。こちらは十七、八の青年である。宇宙服は着ていない。ブルーのスペースジャケットを身につけている。ひきしまった体軀《たいく》に精悍《せいかん》な表情。まだ若いだけに甘さの残る顔立ちだが、漆黒の瞳には、強い意志を秘めた光が満ちあふれている。

ジョウ。

それが、かれの名だ。

ジョウは〈ファイター1〉の操縦席についていた。

ジョウの目は、窓にあるメインスクリーンに釘付けになっている。スクリーンに映っているのは、ワーフラの地表で分子爆弾の設置作業を続けている先ほどの少年の姿だ。カメラはモウルに組みこまれているのだろう。スクリーンにはかれの全身が映しだされている。シールドの向こうの表情すら見てとれる。

ジョウの指が、コンソールの上を素早く走った。LEDがいくつか点灯した。作業は、もっとも危険な段階にさしかかっている。ここでミスがあれば、分子爆弾は確実に暴発する。そうなれば、少年もジョウも絶対に助からない。

ジョウの額に汗がにじんだ。作業がはかどらない。埋めこんだら、すみやかに退去せねばならないのに、少年はその準備に手間どっている。

ジョウは通信回路をあけた。

「リッキー、まだか？」

スクリーンに映るハードスーツの少年に向かって呼びかけた。

「もうちょいだよ、兄貴」

リッキーの返答が、コンソールのスピーカーから流れた。声が少しかすれている。うわずった声だ。

「いま、最終チェックをしている。すませたら、すぐに脱出にかかるよ」

「急げ。時間がない。地中に埋めた分子爆弾は、いつ作動しても不思議はないんだぞ」

「わかっている。でも、チェックは省けない」

強い口調で、リッキーは言った。

三か月前に、リッキーは仕事でしくじった。単純な確認ミスだった。そのことを気にかけているらしい。

「やりすぎも失敗につながるんだぞ」

ジョウは苦笑を浮かべた。リッキーは経験が浅い。だからこそ、今回もいちばん重要な作業をかれにまかせた。しかし、それが逆にリッキーのプレッシャーになっている。

　スクリーンに映るリッキーは、モウルの本体から引っぱってきた測定装置を地表に押しあてていた。装置のLEDがすべてグリーンの光を放った。

「オッケイ。完全に正常だ」リッキーは弾んだ声で言った。

「脱出するよ。回収、お願い」

「了解」ジョウは応じた。

「回収高度まで降下する。よそへ行くんじゃないぞ」

「わかってらあ！」

　通信が切れた。画像が消え、スクリーンが濃い灰色に変わった。

　ジョウはワーフラに向かって、降下を開始した。

螺旋《らせん》軌道を描いて、〈ファイター1〉は急速に高度を下げる。

　リッキーは通信機をオフにすると同時に、ハンドジェットの燃料ボンベをラージタイプに交換した。ここにある機材は、すべて放棄することになっている。リッキーはハードスーツでワーフラから脱出する。

　もう一度、周囲をゆっくりと見まわしてから、リッキーは軽くジャンプした。

ふわりと浮いた。Gの小さいワーフラは、ほんの少し地表を蹴っただけでも脱出速度に達してしまう。

二十メートルほど高度を稼いで、ハンドジェットに点火した。エンジンは最初から全開だ。猛烈な加速が、リッキーを宇宙空間へと弾き飛ばした。

燃料が尽きるまで、全開加速を継続した。

加速はすぐに終わった。ラージボンベとはいえ、全開で三十秒とはつづかない。だが、脱出にはそれで十分だった。

慣性飛行に移った。移ってすぐに、リッキーの目は、明滅する小さな明りを捉《とら》えた。

〈ファイター1〉だ。

みるみる接近してくる。

「うまくハッチに飛びこめよ」

通信機からジョウの声が流れた。

「ふん」

リッキーは鼻を鳴らして、それに答えた。

ボンベを予備に切り換えた。姿勢制御用の超小型ボンベだ。この操作も、リッキーはあまり得手ではない。

〈ファイター1〉が迫った。

機体上面の乗船ハッチが、のったりとひらいた。

4

エアロックに激突してハードスーツをあやうく壊すところだったが、幸いなことに、機体もスーツも損傷を免れた。

リッキーはハッチを閉じて機内にもぐりこんだ。

ハードスーツを脱ぎ、ライトグリーンのクラッシュジャケットに着替え、コクピットに向かった。

〈ファイター1〉のコクピットにはシートがふたつ並んでいた。右側の主操縦席にはジョウがおさまっている。リッキーは副操縦席についた。セイフティアームが腰と肩とを自動的にホールドした。小柄なリッキーは、上背だけでなく、横幅もない。ほっそりとしている。

リッキーの着席を確認してから、ジョウは〈ファイター1〉のメインエンジンを全開にした。分子爆弾はすでに作動している。リッキーがハッチに到達したときに、それを知らせる信号をキャッチした。反応速度が遅いためにまだなんの変化もあらわれていないが、あらわれたら消滅までは一瞬である。その際、少なくとも二千キロは離れていないと、〈ファイター1〉が反応に巻きこまれる恐れがある。

リッキーは、ぼんやりと正面を見つめていた。フロントウィンドウの下に大型のスクリーンがはめこまれている。スクリーンには、ワーフラの黒い影が丸く映しだされている。影の中心から少し外れた位置に小さく輝いている光点は、リッキーが残してきたモウルに取り付けられたライトだ。

リッキーの指が動いた。コンソールの上を走って、そこに並んでいるスイッチのいくつかをオフからオンへ、オンからオフへとなめらかに切り換えていった。その中には通信機のスイッチもあった。

「〈ミネルバ〉、こちら〈ファイター1〉。応答どうぞ」

目をメインスクリーンのワーフラの映像に据《す》えたまま、リッキーは呼びかけをおこなった。

「〈ミネルバ〉だ。ワーフラはまだ消えてねえぞ」

いきなり声が響いた。〈ミネルバ〉からの返答だった。間髪を容《い》れない。低い、すごみのある声で、恐ろしく伝法《でんぽう》な口調だ。声と同時に、通信スクリーンにも映像が入った。

男の顔が映しだされた。

異相だ。知らぬ者が見たら、思わずすくんでしまうような、それほどにすさまじい顔《がん》貌《ぼう》である。頬とあごに深い傷痕が残っており、額が大きく前方に張りだしている。その奥で、双眸《そうぼう》が鈍い光を放っている。

それはまさしくモンスターだった。古い映像や絵画で伝えられているフランケンシュタインのモンスター、そのままであった。生き写しである。

「リッキー。てめえ、またしくじったんじゃないのか?」

スクリーンの中の男が、皮肉っぽい笑みを口もとに浮かべて言った。男の顔が、さらに凄絶《せいぜつ》なものになった。

「うっせいやい、タロス」

リッキーは、ひるまなかった。男を睨《にら》み、丸い目の端を思いきり高く吊《つ》りあげた。

「あいつが作動するのは、セットしてから千四百秒後だぜ」甲高い声で、リッキーは言い返す。

「てきぱきと動いた俺《おい》らが、そんなときまでぐずぐずしてるかよ」

「ふん」タロスは肩をすくめた。

「ねしょんべんたれが、いっぱしの口をききやがる」

「なにい!」

リッキーの顔色が変わった。

「やめろ、ふたりとも」

ジョウがタロスとリッキーとのあいだに割って入った。

「仕事はまだ終わっちゃいないぞ。じゃれ合うのは、あとにしろ」

鋭く言った。

「へい」

タロスがうなずいた。

「わあったよ」

リッキーも、しぶしぶジョウの言に従った。ジョウはこのチームのリーダーである。その決定は絶対だ。

「タロス」

あらためて、ジョウが口をひらいた。

「へい」

タロスの表情が真剣になった。

「回収地点はポイントQ。変更はない。待機しててくれ」

「わかりやした」

タロスは拳《こぶし》を握り、親指を立てた。通信回路がオフになった。スクリーンから映像が消え、画面が白くなった。

「ったく、タロスの野郎、ねちねちといじめやがって」

リッキーが言った。

「しかたないな」ジョウがにやりと笑う。

「一度どじれば、半年は言われる。それがクラッシャーだ」

「ちえ」

リッキーは両手を左右に広げ、天を仰いだ。

時間が流れた。

またたく間に過ぎ去った。

メインスクリーンのワーフラが、小さな光の点になった。もう周囲に輝いている無数の星々とほとんど見分けがつかない。

分子爆弾の作動予定時まで、あと二十秒と迫った。

「カウントしてくれ」

ジョウが言った。

「あいよ」

リッキーが答えた。メインスクリーンから目が離れない。

「十秒前」カウントをはじめた。

「八、七……二、一、ゼロ」

スクリーンが光った。

真っ白に光った。

純白の光がスクリーン全体を覆う。

何も見えない。〈ファイター1〉のコクピットに光があふれている。

スクリーンにフィルターがかかった。

同時に、光度のほうもピークに達した。

発光は数秒つづいた。

そして。

だしぬけに消えた。

すうっと失せて、スクリーンに闇が戻った。暗黒の宇宙空間に、無数の星々だけが、小さく燦いている。

「やったね！」

リッキーが叫んだ。拳を握り、頭上で振る。

「ガス化、完了」質量計の表示を見ながら、ジョウが言った。「完璧だ。かけらひとつ残っていない」

「当然だろ」リッキーは胸を張った。

「俺らの仕事は、いつもパーフェクトさ」

「じゃあ、この前の仕事は、誰がやったんだ？」

薄く笑い、ジョウが訊いた。

「おっと、いけねえ」

リッキーの背中が丸くなった。顔を寄せるようにして、コンソールに向き直った。あわててキーを叩きまくる。

「〈ミネルバ〉を呼ばなくちゃいけなかった」

ぼそぼそとつぶやいた。

「ちっ」

肩をすくめ、ジョウは舌打ちした。

「こちら〈ミネルバ〉」

スクリーンの映像が変わった。またタロスの顔が大写しになった。リッキーが信号を送った。それを受けての応答だ。

「仕事、終わったぜ」リッキーが言った。

「あと二十秒でポイントQに着く。回収準備はできてるかい?」

「ああ」タロスはうなずいた。

「準備は問題ない。しかし、本当にうまくやったのか。実は勘違いだったってのは願い下げだぞ」

「誰が勘違いしてるって?」

「俺の目の前にいるチビの坊やってとこかな」

「ふざけんな!」リッキーの頬が紅潮した。

「人が必死こいてやってるのに、てめえ……」

「必死こいてねえ」

タロスはそっぽを向いた。

「そのへんにしておけ」スクリーンのタロスに向かい、ジョウが言った。

「仕事はばっちりだ。俺が確認した。トラブルは皆無。ワーフラは一発で吹き飛んだ」

「ほお」タロスの視線が、正面に戻った。

「そりゃ、けっこう。でしたら、すぐに回収作業に入りましょう」

通信を切った。スクリーンがブラックアウトした。

「あ、こら待て」リッキーが腰を浮かせ、怒鳴った。

「勘違いってほざいたの、謝れ！　逃げるな！」

やれやれ。

心の中で、ジョウはため息をついた。

またも罵《のの》り合いである。べつに仲が悪いわけではない。その逆だ。このふたりは、経歴にも年齢にも大きな差がある。リッキーは十五歳で、クラッシャーになってから、まだ二年しか経っていない。一方のタロスは五十二歳。クラッシャー歴四十年の大ベテランだ。その差を埋めるために、ふたりは頻繁《ひんぱん》に喧嘩《けんか》をする。タロスがからかい、それにリッキーが反撥《はんぱつ》する。対等にやり合って、ジェネレーションギャップを解消しようとしているのだ。タロスが、そのように配慮している。

「兄貴」リッキーが言った。

「〈ミネルバ〉だぜ」

あごをしゃくった。

スクリーンではなく、フロントウィンドウだった。そこに一隻の宇宙船が浮かんでいた。

「ポイントQに到達」

リッキーはレバーを操作した。

機関出力を慎重に絞った。

5

〈ミネルバ〉が接近した。彼我《ひが》の距離が急速に縮まり、船体がフロントウィンドウ全体に大きく広がった。

〈ミネルバ〉は全長百メートル、最大幅五十メートルの外洋宇宙船だ。いわゆる大型船ではない。どちらかといえば、小型に分類される。先細に尖《とが》ったノーズ。船尾に向かって幅広になっている翼を兼ねた船体。二枚の垂直尾翼。そのフォルムは宇宙船というよりも、航空機のそれに近い。むろん、大気圏内での飛行が可能だ。船体側面には青と黄色でクラッシャーであることを示す流星のマークが描かれており、垂直尾翼にはジョウの船を意味する、デザイン文字の〝J〟が赤い色で鮮やかに記されている。

ゆっくりと〈ファイター1〉が〈ミネルバ〉の後方へとまわりこんだ。すでに〈ミネルバ〉の船体下面にある格納庫のハッチがひらいている。

〈ファイター1〉が格納庫に入った。同時にハッチが閉まった。〈ミネルバ〉の格納庫は狭い。そこに〈ファイター1〉の同形機、〈ファイター2〉と装甲輸送車輛の〈ガレオン〉がぎっしりと詰めこまれている。その状態の格納庫に〈ファイター1〉を着床させるのだ。容易なことではない。高い操縦技術を要求される。

姿勢制御ノズルを巧みに操り、ジョウは、〈ファイター1〉を素早く格納庫に納めた。

「フッキング完了」

〈ファイター1〉のランディング・ギヤが床に固定された。それをリッキーが確認した。

ジョウがほおと息を吐いた。仕事が終わった。これで、しばらく休暇がとれる。つぎの仕事はひと月後だ。久しぶりの長期休暇である。クラッシャーは忙しい。この一年は、仕事、仕事、仕事の毎日だった。今回の休暇は、契約と契約の谷間に生じた、奇跡のような時間である。

クラッシャー。

それは、宇宙のなんでも屋だ。その歴史は、四十年前に遡《さかのぼ》る。二一一一年に発明されたワープ機関が人類の運命を変えた。恒星間航行が可能になり、人類は太陽系を離れ、銀河系全域へと進出を開始した。

二一二〇年ごろ、宇宙航路開設の妨げとなる浮遊宇宙塵塊の破壊、惑星改造工事、機材の運搬、操作といった、重要だが危険な雑事に専従する流れ者の集団が、銀河系のそこかしこにあらわれた。人びとは、かれらのことをクラッシャー（壊し屋）と呼んだ。

しかし、当時のクラッシャーは、いまのクラッシャーではない。四十年前のクラッシャーは、ほとんどならず者と同義語であった。その認識を一気にくつがえしたのが、クラッシャーの先駆者、クラッシャーダンであった。

クラッシャーダンは、仲間に厳しい規律と卓越した技術を与えた。単なる荒くれ野郎の集団でしかなかったクラッシャーが、あらゆる仕事のエキスパートとなった。VIPの護衛、危険物の輸送と処理、惑星探査。請け負ったそれらの仕事を完全にやりとげるべく、複雑に改造した宇宙船、機械、武器を使いこなし、通信、戦闘、探索その他の知識、能力を備える宇宙のエリートとなった。

金さえ払えば、クラッシャーはなんでもする。また、なんでもできる。しかし、クラッシャーは非合法な仕事だけは受けない。おおいぬ座宙域のアラミスという惑星に、クラッシャーのすべてを統括《とうかつ》するクラッシャー評議会がある。規律に反したクラッシャーは評議会により処断され、クラッシャーとしての資格を失う。数年前、だまされて密輸に従事したクラッシャーがいた。かれらは事態発覚と同時に資格を停止され、謹慎を命じられた。そして、かれらをだました密輸組織はクラッシャー自身の手により潰滅《かいめつ》させられた。クラッシャーはおのれでおのれを律する。それが不動の原則だ。

ジョウのチームは売れっ子だった。クラッシャーとしてのランクはAAA。トップクラスである。十歳でクラッシャーとなってから八年。ジョウはまだ一度もアラミスに戻ったことがない。クラッシャーは専用の宇宙船で星から星へと渡り歩き、仕事をこなしていく。クラッシャーにとって、家とは自分の宇宙船のことだ。家族とはその乗組員のことである。

仕事を終え、ジョウは家《ミネルバ》に戻ってきた。

操縦室に向かった。

通路を抜け、上の階層へと移動した。船内の重力は床面に対して〇・二Gに保たれている。軽くジャンプし、スライドバーをつかむと、あとは自動的に目的地へと運ばれていく。

「ご苦労さまです」

主操縦席に入ってきたジョウを、タロスが迎えた。怪異な風貌にふさわしい大男である。身長は二メートル以上、胸板が厚く、肩幅も広い。その堂々たる体軀を黒いクラッシュジャケットで覆っている。クラッシュジャケットはクラッシャーの、いわば制服だ。仕事をしているすべてのクラッシャーは、必ずクラッシュジャケットを着用する。そのように定められている。

「いやあ、サポートのタロスさんもお疲れさま」

リッキーが言った。リッキーはさっさと自分の席につこうとしている。副操縦席のうしろにある動力コントロールボックスのシートだ。

「誰がサポートだと？」

ただでさえ低いタロスの声が、さらに低くなった。

「俺らの横にいるでかいだけが取柄《とりえ》のおっさんってとこかな」

「てめえ」

タロスの細い目が、高く吊りあがった。

「ほーほっほっほ。またやってるな」

声がした。コンソールデスクのスピーカーからだった。

ジョウ、リッキー、タロスがいっせいに視線を向けた。メインスクリーンに映像が入っていた。

老人の顔だ。白い髪に白い眉。そして、白いひげ。何もかもが白い。

クラッシャーガンビーノである。三十歳を過ぎてからクラッシャーになったという変わり種だ。クラッシャー歴は三十八年。もうかなりの年齢である。この年で現役をつづけているクラッシャーはそれほど多くない。五十歳を過ぎたら、ほとんどのクラッシャーは引退し、余生をアラミスで送る。だが、タロスとガンビーノのふたりには「引退」という言葉が存在しない。かれらは、ジョウの父親からジョウを託された。〈ミネルバ〉には、ジョウの補佐役として乗り組んでいる。

ジョウの父。

クラッシャーダンである。

「ガンビーノ、どこにいるんだ？」

ジョウが訊いた。

「食堂じゃよ。そろそろ晩飯の時間だ。もう用意はできている」

高齢のガンビーノは、クラッシャーとしての仕事をしない。かわりに〈ミネルバ〉で裏方をつとめている。身のまわりや食事の世話だ。説教癖があり、仕事が終わるたびに「わしの若いころは、あんなどじな段取りは踏まなかった」とジョウやリッキーをなじるのが玉に瑕《きず》だが、料理の腕は一流である。なまじのコックでは歯が立たない。

「いつもながら、いいタイミングだ」

タロスが感心した。

「やったぁ。今夜はごちそうなんだろ？」

リッキーはシートから立ちあがった。

「そうだ」スクリーンのガンビーノがうなずいた。

「珍しくリッキーが失敗をしなかったのだ。盛大に祝わにゃならん」

「なんだよ。ガンビーノまで」

リッキーが嘆いた。

「こいつは、いいいや」

タロスが喜んだ。どっと笑いがあがった。

そのときだった。

警報が鳴った。

けたたましい電子音が、操縦室に反響《こだま》した。メインスクリーンの映像が自動的に切り換わった。ガンビーノの顔の上に、べつの映像がかぶさった。大きな文字が横に並ぶ。

エマージェンシー・コール。

「兄貴、救難信号だ。キャッチした」

リッキーが叫んだ。

状況が一変した。

食事どころではなくなった。軽口を叩いている場合でもない。

主操縦席に、タロスが飛びこんだ。ジョウは副操縦席に入った。

「ハイパーウェーブだけど、すごく弱い」リッキーが言う。

「でも、すぐ近くにいる。そんなに遠くない」

「待たせたな」

ドアがスライドして、ガンビーノがやってきた。白いクラッシュジャケットの衿《えり》がななめになっている。よほどあわてて着替えてきたらしい。

ガンビーノは、主操縦席の背後、空間表示立体スクリーンのシートに着席した。

「自動発信じゃな」すわるなり、ガンビーノは言った。

「出力がかなり低い。距離は数光年のオーダーじゃろう。通常タイプの信号で、六十秒おきに発信されている。生存者の有無はわからん」

「了解」ジョウが言った。

「発信地点を特定する。どこにどれだけ飛べばいい？」

「4A600に二光年ってところかのう」

ガンビーノが空間表示立体スクリーンを操作した。

「軽い一跳《ひとは》ねだな」

タロスが操縦レバーを握った。

「動力全開！」

「あいよっ」

ジョウの指示に、リッキーが答えた。

「ワープイン」

タロスが言った。

レバーをぐいと手前に引いた。

6

〈ミネルバ〉が咆哮《ほうこう》する。二基のメインエンジンがうなり、プラズマを噴射する。白い船体が、その身をひねるように弧《こ》を描いた。

「微弱な電波だ」スクリーンのデータを読み、ジョウが言った。

「よく、こんな信号をキャッチできたな」

「キャハ、ワタシガ拾イアゲタノデス。キャハ」

ジョウの背後で、金属的な声が甲高く響いた。イントネーションが平板で、少しけたたましい。

ドンゴだ。人間ではない。ロボットである。

ジョウの右横に、ドンゴが並んだ。身長は一メートル前後。頭部は鶏卵《けいらん》を横倒しにしたような形状で、その表面にはレンズや端子、ＬＥＤなどが顔の造作を思わせる配置でずらりと並んでいる。ボディは細長い円筒形。首と思われるところが少し細く、この部分は必要に応じて伸縮する。最大に伸びたとき、身長は約二メートルになる。腕のデザインは人間のそれに近い。ただし、指は三本である。足はない。ボディの下に車輪とキャタピラが装着されていて、状況に応じて切り換えられるようになっている。船内ではおおむね車輪走行だ。いまもそうである。硬くてなめらかな床なら、車輪走行で時速百キロはだせる。キャタピラ走行は荒地専用で、その場合は三十キロが限界速度となる。

「タロスひとりにシステム管理をまかせるのはまずいと思って、俺らが通信回路にドンゴをつないでおいたんだ」

リッキーが言った。

「ぬかせ」

タロスの形相《ぎょうそう》が歪んだ。

〈ミネルバ〉がワープした。

窓外に広がる暗黒の空間に、一瞬、色彩が躍った。虹色の光が乱舞した。ワープボウだ。亜空間の景色である。

ワープボウは数秒で消えた。再び漆黒の闇が、〈ミネルバ〉の周囲に戻った。

「ワープアウト」

タロスが言った。

「発信源じゃ。特定できたぞ」ガンビーノの声がタロスのそれにかぶさった。

「8B702方向じゃな。距離は一・二光年。もう一回、ワープが要《い》る」

「了解」ジョウがうなずいた。

「これより航宙法の規定により、救援活動に入る」

「動力、異常なし」

　リッキーが言った。

「タロス、三十秒後に再ワープする。通常空間に戻ったら、発信源に向かい、加速八十パーセントで航行。遭難船を探す」

「オッケイでさあ」

　ジョウの指示に、タロスは大きくあごを引いた。

「……五秒前」

　リッキーがカウントした。〈ミネルバ〉のエンジン音が、また高まっている。

「ゼロ！」

　ワープに入った。いま一度、フロントウィンドウが虹色に染まった。今度も瞬間的なワープだ。コンマ数秒で通常空間に飛びだす。

　ワープアウトした。

と同時に。

「近いぞ！」ガンビーノが言った。

「ジャスト・ワープじゃ。発信源はすぐそこにある」

窓外を指差した。

星が燦《きらめ》いている。

無数の星だ。

スクリーンに映像を入れた。当該星域を拡大表示した。

見えない。

発信源が白い光点で示されている。しかし、そこに船影はない。真っ暗だ。深い闇だけが広がっている。

拡大率をあげた。

「光がある」

リッキーが言った。

スクリーンの左端だった。そこでかすかな光が明滅している。赤い光だ。救難灯である。宇宙船らしき物体の姿はどこにもない。

「黒塗りの小型船だな」

タロスが言った。

「黒塗りの船はわけありばかりじゃ」ガンビーノがつづけた。

「しかも、こいつは電波を散乱させる塗料を用いている」

「人目を避けたがっているのに、救難灯をつけ、信号を流す。皮肉な話だぜ」

タロスは肩をすくめた。

「小さな船だ」ジョウが言った。

「三十、いや二十メートル級ってとこだな。ワープ機関がくっついているのが信じられない」

「無人じゃないのか？」

リッキーが口もとをとがらせて言った。

「無人の船が救難信号を流すか」ガンビーノが言った。

「こいつはひとり乗りのエマージェンシー・シップじゃ。乗員はガスで眠っている。空気やエネルギーの消費を最小限に抑えて、救援を待つ。それ専用の船だな」

「映像が入るぞ」

タロスがスクリーンを示した。

明滅する赤い光点。その周囲の星々が、細長い魚雷型の輪郭に黒く切り取られている。

「俺が行く」ジョウがシートから立ちあがった。

「全長二十メートルの船を格納する余裕はない。乗り移って、乗員だけをここに運んでくる」

「俺らも行こうか？」

リッキーが訊いた。

「ひとりでいい。おまえはガンビーノと受け入れ準備をしておいてくれ。蘇生《そせい》作業が要《い》るはずだ」

「まかしとけ」

ガンビーノが、胸をぽんと叩いた。

ジョウは宇宙服に着替え、船外にでた。命綱の金具をフックにひっかけた。タロスが〈ミネルバ〉を巧みにエマージェンシー・シップへと寄せていく。

数メートルの距離まで近づいたところで、ジョウは〈ミネルバ〉の外鈑《がいはん》を軽く蹴った。

ふわりと飛び、エマージェンシー・シップに移った。

ハッチが船体側面にあった。ロックを外し、外側からひらいた。中にもぐりこんだ。

狭い通路を抜けると、すぐにコクピットに至った。宇宙服を着た乗員がひとり、シートに固定されている。

ヘルメットのシールドごしに顔が見えた。女性だ。それも、すごく若い。十五、六歳くらいだろうか。

「びっくりだぜ」

ジョウはつぶやいた。

少女をシートから引きずりだし、命綱をつないだ。

〈ミネルバ〉へと戻った。


遭難者が少女だったことで、〈ミネルバ〉の船内は大騒ぎになった。

いちばんはしゃいだのは、リッキーである。

予備の船室をひとつつぶし、そこを臨時のメディカルルームとした。

ベッドに寝かせてヘルメットをとり、宇宙服を脱がせると、昂奮は頂点に達した。

美しい少女だった。金色の髪に、白い肌。その姿は、まさしく眠れる美少女そのものとしかいいようがない。

「怪我《けが》してないのか？　意識は、すぐに戻るんだろ？」

リッキーはあれこれ訊きまくる。あきれるほどにうるさい。

「キャハ。覚醒シマス」

脳波をチェックしていたドンゴが言った。

ジョウが、ベッドの脇に進んだ。床が丸く割れ、スツールが枕もとにせりあがる。その上に、ジョウは腰を置いた。ジョウのうしろにタロス、ガンビーノ、リッキーが並んだ。ジョウの向かい、反対側の枕もとにはドンゴがいる。

少女の頬がぴくりと動いた。ドンゴの指先が少女のこめかみに軽く触れている。そこを通じて、脳に微弱な刺激が送りこまれている。

少女の胸が大きく上下した。深呼吸をするような動作だった。

ゆっくりと、まぶたがひらいた。その下から、瞳があらわれた。碧《あお》い、宝玉のような瞳だった。二、三度、まばたきをする。瞳が左右に動く。

短い間があった。

ややあって。

「ここは？」

少女の唇からかすかに言葉が漏《も》れた。

「俺の船だ」

ジョウが答えた。

「え？」

少女の瞳が、言葉を返した相手の姿を求めた。

顔が横に倒れた。その目がジョウを捉《とら》えた。

「船？」

少女はとまどっている。

「さっき救難信号をキャッチしたんだ。発信源はエマージェンシー・シップだった。その中にあんたが乗っていた」

「エマージェンシー・シップにあたくしが……」

「そうだ」ジョウはうなずいた。

「俺たちはあんたを回収し、ここに運んだ。そして、蘇生処置を施した」

「あなた、誰？」

少女は尋ねた。

「俺はジョウ。クラッシャーだ」

「クラッシャー！」

少女の顔色が変わった。

声が裏返る。

表情に、恐怖の色が浮かんだ。

7

「どうして？」紺碧《こんぺき》の瞳を丸く見ひらき、震える声で少女は言った。

「どうして、ならず者のクラッシャーがあたくしを――」

「ならず者ぉ？」ジョウはきょとんとなった。何を言われているのか、理解できていない。

「ほっほっほ」笑いながら、ガンビーノが前にでた。

「どうやら、お嬢ちゃんは誰かに昔話を聞かされて育ったようじゃな」

「昔話？」

　リッキーが訊いた。

「何十年も前のクラッシャーには、ならず者と呼ばれてもおかしくないやつがいたということじゃよ」ガンビーノは説明した。

「しかし、いまは違う。そんな馬鹿はひとりもおらん。わしらは宇宙のなんでも屋だが、悪いことだけは絶対にやらんのじゃ。いい機会だから、お嬢ちゃんにも認識をあらためてもらおう」

「ならず者……じゃない」

　ガンビーノの言葉に、少女は少しだけ落ち着きをとり戻した。

　四人の男が、彼女を見つめている。そのひとりひとりの顔を、少女は順番に眺めた。

　最初はジョウと名乗った少年だった。十七、八歳くらいだろうか。背が高い。筋肉質で、精悍《せいかん》な表情をしている。

　ジョウのとなりには、老人が立っていた。「クラッシャーはならず者ではない」と言った人だ。髪も眉もひげも真っ白で、にこにことしている。細い目に、害意はまったくない。好々爺《こうこうや》とは、こういう人のためにある言葉なのだろう。

そして、ふたりのうしろには、対照的なふたりが並んでいた。

ひとりは、子供である。十二歳くらいにしか見えない。小さくて痩《や》せていて、二本の前歯がちょっと大きい。ある種の齧歯類《げっしるい》を連想させる顔だ。

もうひとりは、悪人顔だった。怖い顔といえば、これほどに怖い顔はない。二メートルを超える巨漢で、威圧感がすさまじい。しかし、なぜか口もとに微笑を浮かべている。傷だらけの顔に似合わない、穏やかな微笑みである。

「とりあえず、きちんと自己紹介だけはしておくべきじゃな」ガンビーノが言葉をつづけた。

「誰が誰やらわからなくては、話も何もできん」

「俺ら、リッキーだ」リッキーが割りこんだ。

「この船――〈ミネルバ〉では機関士をつとめている。十五歳。独身」

「ばぁか」タロスが拳骨《げんこつ》をリッキーの頭に突きたてた。

「何が独身だ。この見習い野郎が」

「見習いって、なんだよ！」

「わしはガンビーノじゃ」〝おまぬけふたり組〟によるいつもの口喧嘩《くちげんか》がはじまってしまったので、ガンビーノがまとめに入った。

「肩書きは〈ミネルバ〉のコック長ってとこだな。たまに航宙士もやっておる。そっちのでかいのはタロス。見た目は悪いが、中身は正反対。けっこういいやつじゃよ。メインパイロットだ。ジョウは、このチームのリーダー、要するにわしらのボスじゃな」

「ジョウに、ガンビーノに、タロスに、リッキー」

少女は四人の名前を口にだしてつぶやいた。

「キャハ。ワタシハどんご。トッテモ優秀ナ万能ろぼっと」

ドンゴがつけ加えた。

「で、お嬢ちゃんの名前は何かな？」ガンビーノが訊いた。

「よろしければ、教えてくれんかの」

「あたくしは……」

少女をおもてをあげた。瞬時、ためらう。が、すぐに断を下した。この四人は信頼できる。

「あたくしはアルフィンと申します。ピザンからまいりました」

凛《りん》とした声で、言った。

「ピザン」タロスが首をかしげ、頭上を振り仰いだ。

「連帯惑星で知られているピザンかな？」

「それだと、銀河連合加盟国で唯一、王制をとっている太陽系国家ということになるぞ」

ガンビーノが言った。

「そうです」アルフィンがうなずいた。

「そのピザンです」

「国王の名はたしか」

「ハルマン三世。あたくしの父です」

「げっ」

「わっ」

「えっ」

驚きの声があがった。

「じゃあ、あんた、お姫さんかいな」

ガンビーノは思わずアルフィンを指差した。

「なんか、すごい事情があったみたいだな」

ジョウが言った。

「ああ。お姫さまがエマージェンシー・シップで宇宙放浪ってのは、ただごとじゃねえ」

タロスは大きくあごを引いた。

「聞かせてくれよ。その事情」

リッキーが言った。

「ええ」アルフィンは目を伏せた。

「すべて、お話します」


二一六一年。

ワープ機関が発明されてから五十年の歳月が流れた。

銀河系全域に進出した人類は、銀河連合を形成していた。八千にも及ぶ独立国家の連合体である。

宇宙開発の初期、居住可能な惑星へ植民した人びとは、かれらが旅立った地球に倣《なら》い、ひとつの惑星をひとつの国家に組織して自治をおこなった。最初は、そのすべてが地球連邦に所属する植民星となっていた。

やがて、植民星は国家として地球連邦から独立した。惑星国家時代の到来である。

その後、惑星開発の技術が向上してくると、それまでは人類が住めなかった惑星にも人類は居住できるようになった。移り住んだ太陽系に十個の惑星があれば、十個全部が居住可能になったのである。国家の領域は大幅に拡張され、ひとつの太陽系がそのままひとつの国家として扱われるようになった。これが太陽系国家である。人類の故郷、地球《テ》《ラ》も、いまでは水星から冥王星までの全惑星を合わせて、ソルという名のひとつの太陽系国家になっている。

はくちょう座宙域のピザンは、恒星ピザンをめぐる六個の惑星からなる太陽系国家だった。

初期の植民星で、テラにあった国家ひとつが、まるまるピザンに移住した。それがために、独立するとき、かれらは国王を元首として戴《いただ》く、立憲君主制を選択した。

「そのピザンの六個の惑星で同時に反乱が起きたのです」

アルフィンはそう言った。

それは周到に計画された静かな反乱であった。反乱に伴う暴動が発生したのは、ピザンの首都ピザンターナのある惑星、アル・ピザンだけである。それ以外の惑星では、一瞬にして状況が変わった。国民は即座にハルマン三世を捨て、ガラモスを新しい国王として認めた。軍も、行政府も、そのすべてがガラモスに従った。

「要するにクーデターってやつだな」タロスが言った。

「もっとも、首謀者がひとりだけで、あとはすべてそいつに操られているだけってのは、いままで一度も聞いたことのないケースだが」

「本当にそんなことができるんじゃろうか」ガンビーノが腕を組んだ。

「いくら強力な催眠《さいみん》とはいえ、しょせん催眠は催眠だ。きっかけがあれば、簡単に解除できる。それに、自意識を完全に抑えこむこともできない」

「でも、できてしまったんです」アルフィンは強く言った。

「ガラモスの装置は、ピザンの国民を根底から洗脳しました。まるで脳を入れ替えられてしまったかのように、人びとの人格が一変してしまったのです」

「で、アルフィンは、どうしたいんだ？」ジョウが口をひらいた。

「ひとりっきりでは、やれることも限られてくる」

「あたくしはソルに行きます」

「ソル？」

「ソルには銀河連合の本部があります。そこに行き、あたくしはピザン国王ハルマン三世の名代《みょうだい》として、この凶悪な犯罪行為を正式に提訴いたします」

「ふむ」

ジョウは鼻を鳴らした。それから、しばらく考えこんだ。

おもむろに、首をめぐらす。

「みんな、聞いてくれ」仲間のほうに向き直った。

「俺たちのつぎの仕事はシリウスの輸送船護衛だ。しかし、そいつは一か月先の話。そのあいだ、俺たちはデロンのリゾート惑星でたっぷりと休むつもりでいた。その休養先がソルになる。中身は少し違うが、たいした差はない。ソルにだってビーナス・ビーチや、マルス・デザートといったリゾートエリアがいくらでもある。十分に楽しめるはずだ」

「俺ら、異議なし」

リッキーが手を挙げた。

「さて、そいつはどうかな」

低い声で、タロスが言った。

「なんだよ、タロス」

リッキーの表情が険しくなった。

「勘違いするんじゃねえ」タロスは睨《にら》むようにリッキーを見た。

「保養地がソルになることについては、賛成だ。俺も異存はない。だが、銀河連合の本部にその子を連れていくとなると、話はべつだ。そいつは意味がない。完璧に無意味だ」

「か、完璧に無意味ぃ」

リッキーの顔色が変わった。

「銀河連合の方針じゃよ」ガンビーノが言った。

「銀河連合は、加盟している太陽系国家の内政には干渉しない。あそこは連合全体の利益をはかるためにあるんだ。ひとつひとつの国家の事情には関心を持たない。憲章でそう定められている。今回のピザンの事件は、内乱だ。となれば、銀河連合にはなんの関わりもない。提訴は門前払いになる。それは火を見るよりも明らかだ」

「嘘《うそ》です！」叫ぶようにアルフィンが言った。

「そんなの嘘です。おとうさまは、銀河連合に提訴しろとあたくしに言われました。連合がその提訴を却下《きやつか》するはずがありません」

「無理だね」タロスはかぶりを振った。

「前例もある。銀河連合は内政干渉を嫌う。そのガラモスってやつが他の加盟国に戦争でもふっかけようとしているのなら話はべつだが、そうでない以上、この件は――」

「戦争。それです」アルフィンの声が、タロスの声に重なった。

「戦争です。ガラモスはそれを考えています。おとうさまは、それを見越して、あたくしに銀河連合に行けと言われたのです」

「証拠はあるのかい、お嬢ちゃん」ガンビーノが訊いた。

「証拠がなかったら、それはただの妄想《もうそう》になる。銀河連合は絶対に信じない」

「証拠は……ありません」

アルフィンは視線を落とした。

「じゃ、だめだな」タロスが言った。

「連合は動かない。てえことは、ソルに行く必要もない」

「タロス」ジョウが言った。

「提訴に協力するというのではなく、ただアルフィンをソルに送ってやるというだけでもだめか？」

「そいつはかまいませんよ」タロスは両手を広げた。

「しかし、行けば、失望する。俺はこの子がソルに行って、がっかりする顔を見たくないんでさあ」

「じゃあ、連れていってもいいんだな」

「そいつは……」

タロスは困った表情《かお》になった。

「待ってください」

アルフィンが言った。タロスとジョウは彼女に顔を向けた。鋭いまなざしで、アルフィンはジョウを見つめている。

「タロスの言うとおりだわ」アルフィンは言を継いだ。

「連合の方針がそうなっているのなら、ソルへ行くのは無駄になる。それどころか、そのあいだにガラモスが戦争をはじめてしまうかもしれない。そうなれば、もう手遅れ。ピザンはめちゃくちゃになってしまう。多くの人が命を失い、国も滅亡する」

「アルフィン」

「ジョウ。あなたにお願いがあります」

アルフィンは、ジョウをまっすぐに凝視した。

「あ、ああ」

その迫力に、ジョウも少し気圧《けお》される。さすがは一国の王女だ。

「クラッシャーは宇宙のなんでも屋。お金さえ払えば、どんなことでもやると聞いております」

「ああ」

「でしたら、あたくしがあなたがたを雇います。お金を支払います。だから、お願い。ガラモスの陰謀を打ち砕いてください」

「なんだってえ！」

絶句した。

四人のクラッシャーが。

第二章　ゲル・ピザン

1

結論はなかなかでなかった。即断即決を旨《むね》とするクラッシャーが、これほど時間を浪費するのは珍しい。

「議論の余地はない。断るべきです」

タロスが強い口調で断言した。これで、もうこの問題を終わりにする。そういう意思が口調にみなぎっている。すでに、二時間が過ぎた。「クラッシャーを雇う」というアルフィンの提案を受け、四人は討議の場をリビングルームへと移した。アルフィンはメディカルルームとした船室で、そのまま休んでいる。

「そいつは冷たすぎるぜ。タロス」リッキーが反論した。

「たったひとりで国外に逃れ、ここまでやってきた女の子に『あ、それは無理です。はい、さようなら』って言えるかよ」

「けっ」タロスは腕を組み、そっぽを向いた。

「そんなこたあ、わかってる。俺だって、好きでこんな言い方をしているんじゃねえ。何度も言ったが、俺たちはいま、この仕事を受けられる状況にはないんだ。たしかに、つぎの仕事までひと月の余裕がある。しかし、それはたったのひと月だ。考えてもみろ。一国の反乱を鎮《しず》めてくれって頼まれてるんだぞ。そんな仕事がひと月かそこらで片づくと思うか。無理に決まっている。いいか、リッキー。一か月後に俺たちがシリウスに行かなかったら、どうなる？　クラッシャーになって間もないおまえにはわからんかもしれんが、こいつはたいへんなことだ。俺たちは一生かかっても払いきれない違約金をとられた上に、クラッシャーの名を汚《けが》したといってこの世界から追放されてしまうんだぜ」

「理屈は、そうだよ！」リッキーはシートのうえに飛び乗った。

「でも、こいつは理屈じゃない。俺らは、そんな情ないこと、アルフィンに言えない」

リッキーの声は、終わりのほうで途切れた。泣きそうになっている。それを必死でこらえている。

沈黙が生じた。重苦しい沈黙の時になった。

「ひとつだけ、手がある」

静寂を破ったのは、ジョウだった。

「どちらの言い分にもひっかからない最善の手だ」ジョウは言う。「ほかのクラッシャーに、この仕事を依頼する。アラミスに連絡して、腕の立つやつを何チームかピザンに派遣してもらう。この方法はどうだ？」

ジョウは、タロスの顔を見た。

「馬鹿言っちゃいけねえ」タロスは不機嫌に答えた。

「そんな恥さらしなまね、クラッシャーには金輪際《こんりんざい》できません」

「だったら、これで決まりだ」ジョウはきっぱりと宣告した。

「俺たちは、この仕事を請《う》け負う」

「わかりやした」

タロスが勢いよく立ちあがった。テーブルの上で、カップが跳《は》ねた。

「この決定に、不服があるか？」

ジョウが訊いた。

「とんでもねえ」にやりと笑い、タロスは首を横に振った。

「武器の点検にいくんですよ。この仕事に、この手の装備は欠かせない。そうでしょ」

「そのとおりだ」ガンビーノも立ちあがった。

「わしも手伝おう。場合によっては、補給も必要になる」

そして、ガンビーノは、タロスの耳に口を寄せた。

「厄介事《やっかいごと》をしょいこんじまったな」

「そのわりにはうれしそうだぜ」

「あんたもだよ。タロス」

ふたりは呵呵《かか》と笑い、カーゴエリアへと向かった。

ジョウとリッキーは、アルフィンの部屋へと行った。臨時のメディカルルームである。

アルフィンは起きていた。ノックと同時に、返事があった。

中へ入ると、アルフィンは上体を起こし、通信端末を操作していた。銀河ネットワークが配信しているニュースを検索していたらしい。小型のスクリーンに、文字や写真が浮かびあがっている。

「ピザンのことは、何も報じられていない」

肩を落とし、アルフィンはつぶやいた。

ジョウが、仕事を受けることにしたと話した。

アルフィンの顔が、一転して明るくなった。

「ありがとう。ジョウ！」

抱きつかんばかりに喜ぶ。

「お礼なら、こいつに言ってくれ」ジョウはリッキーを指し示した。

「こいつがむりやり押しきったんだ」

「そ、そんなのいいよ」リッキーは真っ赤になった。

「それより、出発まで点検やらなんやらで数時間あるんだ。それまでに何かしておきたいことってないかい？」

「何かって」アルフィンは人差指をあごに置き、少し考えこんだ。

「なんでもいいんですか？」

「ああ」

「でしたら、お風呂を使わせてください。それと、着替えがあれば助かります。この服、すっかり汚れてしまって」

アルフィンは宇宙服のインナーウェアを身につけていた。白いオーバーオールである。脱《ぬ》がせるときに宇宙服のオイルや充塡剤《じゅうてんざい》が付着し、一部が変色したりしている。

「え、ああ、風呂。そうですよね。やはり、さっぱりしなくちゃ」リッキーは顔を赤らめたまま、ジョウに顔を向けた。

「兄貴、どうしよう？」

「どうしようたって、おまえ、それは簡単だろ。シャワールームに案内し、服を用意して、それを……あ、いけねえ。俺、飯を食うつもりだったんだ。エンジンの点検もしなくちゃいけない。じゃあ、あとはリッキー、おまえにまかせた。よろしくな」

「兄貴、そりゃないよ。俺《おい》らもわかんないよ。兄貴。——あら、行っちゃった」リッキーは首をめぐらした。

「えと、アルフィン。お風呂じゃなくてシャワーだけど、ちゃんとそれはあります。でも、ここに女の子向けの着替えってのは、ないんです。がさつな男ばっかりの船なんで」

「あなたがたが着ている服は？」

アルフィンは、リッキーの服を指差した。

「クラッシュジャケットですか。これなら、いくつかサイズが用意してあります。でも、これはクラッシャーの作業着ですよ。ドレスやカジュアルウェアってやつじゃありません」

「そうかしら」アルフィンは小首をかしげた。

「それ、すごくすてきよ。まるで宇宙海賊みたいで」

「う、宇宙海賊ぅ」

リッキーは言葉を失った。

「ごめんなさい。あたし、前から宇宙海賊に憧《あこが》れていたの。勇敢で、荒々しくって」

「はあ」

リッキーはため息をつくほかない。

とりあえず、シャワールームにアルフィンを案内した。シャワーを浴びている間にどうするかを決めればいい。

備品倉庫に入った。クラッシュジャケットの在庫の中から、アルフィンの体格に合いそうなものを探した。赤いジャケットがあった。サイズ的にも問題はない。

シャワールームの前に戻った。アルフィンはすでに入浴を終え、扉の横でリッキーを待っていた。バスタオルをからだに巻きつけただけという半裸の姿である。

「わっ、なんて恰好《かっこう》をしてるんです」

リッキーは、あわてて目をそらした。こういう場面には、まったく慣れていない。

「だって、着るものがないんですもの」

アルフィンは言う。

「これ、すぐに着てください」リッキーは持ってきた赤いクラッシュジャケットを、アルフィンに差しだした。

「銀色のやつはスラックスです。ブーツと一体になっています」

あらぬ方角を向いたまま、リッキーは説明をはじめた。ときどき、横目でアルフィンをちらりと見る。

「はいたら、腰のテープをしっかりと止めてください。赤いのが上着で、これも着たあとでスラックスと重なっている裾《すそ》の部分のテープを完全に密着させます。重要なのは気密性なんです。上着、衿が立ってるでしょ。専用のヘルメットをかぶり、衿のところで固定すると、クラッシュジャケットは、そのまま簡易宇宙服になるようにつくられています。ポケットに手袋が入っているので、宇宙服として使うときは、それも装着します。あ、だめ。それを勝手にいじっちゃいけない。危険です」

アルフィンは上着に貼りつけられている四角いボタンのようなものをさわろうとしていた。表面がなめらかに磨《みが》かれていて、一瞥《いちべつ》した感じでは、ジャケットの装飾アイテムにしか見えない。

「クラッシュジャケットは作業着だけど、武器としての役目も担っているんです」少し強い口調で、リッキーはつづけた。

「そのボタンも単なるデザインではなくて、アートフラッシュ、強酸化触媒ポリマーなんです。引きはがしてから裏側を強く押し、三つかぞえてから投げる。そうすると発火して、金属でも樹脂でも一瞬にして燃えあがるようになっています。もちろん、投げたあとは、すぐに地面に身を伏せなきゃだめです」

「わかりました」

アルフィンは神妙にうなずいた。

「それと、胸ポケットには光子弾と電磁メスも入っています。どちらも訓練を受けてから使うようにしてください。うかつに取りだしたりしないでね」

「はいはい」

電子音が流れた。短いメロディが、リッキーの耳朶《じだ》を打った。乗員、配置につけ。そういう意味を持っている。

「発進だ」アルフィンに向かい、リッキーは言った。

「ピザンめざして出発するんです。操縦室に行こう」

「ええ」

リッキーとアルフィンは軽く床を蹴った。ふたりのからだがふわりと浮きあがった。

2

操縦室には、ほかの三人がすでに入っていた。タロスが主操縦席、ジョウが副操縦席、ガンビーノは空間表示立体スクリーンのシートについている。

リッキーは、動力コントロールボックスの中にあわてて飛びこんだ。肩と腰をバーで固定し、両の手で操作レバーを握った。

「これよりワープをおこなう」同時に、ジョウが指示を発した。

「目的地は連帯惑星ピザン。座標は64+9012+341。ワープ距離、百十二光年。ワープアウト後は、通常空間を加速二十パーセントで航行。偵察行動に移る」

「了解」リッキーは答えた。「動力炉、接続オッケイ。パワージェネレータ、ブルーライン。順調に稼働中」

「待って！」

声が飛んだ。アルフィンの声だった。

「あたくしは、どこにすわればよろしいの？」

「なに？」

ジョウの目が丸くなった。うろたえ、首をめぐらした。

操縦室の入口だった。そこに、赤いクラッシュジャケットを着たアルフィンが、ぽつねんと立っている。

「なんだ、これは？」

リッキーに向かい、ジョウが訊いた。

「アルフィンです」

「そんなことはわかっている」ジョウの声が高くなった。

「どうして彼女をここに連れてきたんだ。ここによぶんな席はない。――アルフィン」

ジョウは視線を入口に戻した。

「先ほどの船室、わかりますね。あれがあんたの部屋だ。しばらく、あそこにいてください」

「ここにいては、だめ?」

「だめです」

　ジョウはぴしゃりと言った。

「はあい」

　アルフィンは唇をとがらせ、きびすを返した。「雇い主なのにぃ」とか「心細いわ」などとつぶやいている。

　入口の扉が閉まった。アルフィンの姿が操縦室から消えた。

「時間をずらす」ジョウは正面に向き直った。

「三百秒後にワープインだ」

　アルフィンが船室に戻ろうとしている。リビングルームを突っきり、食堂の手前で床のホールに入り、一階層を下る。すると、居住区に至る。あとは自分の部屋まで軽くジャンプするだけでいい。慣れていれば、百秒以内に移動できる。三百秒は十分すぎる余裕だ。ジョウはそう思い、ワープインのタイミングを変更した。

　しかし、それは誤りだった。ジョウはリッキーに命じて、アルフィンを船室まで送らせるべきだった。その上で、ワープ操作に入らなくてはいけなかった。

　アルフィンは階層を間違えた。一階層ではなく、二階層を一気に下った。彼女がこれまでに乗ったことがあるのは、大型の客船ばかりであった。例のエマージェンシー・シップを除けば、こんな小型宇宙船に乗るのは、これがはじめてだった。大型船は船内での移動距離が長い。ひょいと降りれば、そこはもうつぎの階層ということはない。もっとたくさん下らなくてはいけない。だから、彼女は下った。

三百秒が経過した。

タロスがレバーをぐいと手前に引いた。

〈ミネルバ〉が虹色に輝くワープ空間へと突入した。

そのとき、アルフィンは、道に迷っていた。格納庫に近い通路の一角で、左右をきょろきょろと眺めまわしていた。

ワープとは、異次元空間を利用して高速に移動する方法のことである。宇宙船の航行機関にはこれまでいろいろなものが考えられてきた。アポロを月に送った化学燃料ロケットから始まって、イオンロケット、光子ロケット、さらには宇宙ラムジェットというのも造られた。しかし、そのどれもが恒星間飛行には適していなかった。それらの航法では、光速を超えることができないからだ。そんな低速では、何百光年も離れている恒星間を行き来することはできない。それを解決したのが、二一一一年に開発されたワープ機関であった。

ワープ機関によるワープ航法は、異次元空間を通ることで、目的地までの距離をほとんどゼロにしてしまう。トンネルの近道を抜けるようなものだ。ワープ機関の完成は人類の宇宙開発を一変させた。それまで太陽系の中だけで細々とおこなっていた宇宙航行の範囲が飛躍的に広がった。人類は銀河系全域への進出を果たすことができるようになった。

もちろんワープ機関にもいくつかの欠点がある。まず、大きな質量の近辺では使えない。大きな質量とは、恒星のことである。恒星の強大な重力で異次元空間が歪んでしまい、正常な航行が不可能になる。しかし、この問題は、通常の推進機関で恒星から離れ、安全圏にでてからワープ機関を使うことで簡単に解決した。

厄介なのはもうひとつの欠点である。人体への影響だ。

異次元空間への転移は負担が大きい。生命体に対して、少なからざる異常をもたらす。はじめてワープした人間は、例外なく激しい頭痛に襲われる。嘔吐《おうと》をもよおしたりもする。中には意識を失う者もいる。心臓などに持病があれば、生死にもかかわってくる。それほどの負担だ。気絶して壁に頭を打ちつけるという事故も、けっして珍しくない。ワープ時にシートベルトやロックバーの使用が義務づけられているのはこのためだ。この症状は、ワープに慣れることで軽減できる。が、それでも、相当に経験を積んだ宇宙飛行士が、急激な環境変化でめまいを起こして倒れたという話をしばしば耳にする。ワープ酔いは、宇宙航行に伴う未解決の大問題として、いまでも多くの学者により、研究がつづけられている。

アルフィンは、まだ数回しかワープ経験がなかった。それも、そのほとんどが大型客船の穏やかなワープであった。荒っぽいクラッシャーのワープには、まったく慣れていない。

ワープ空間に入った。

アルフィンは、通路に立っていた。もちろん、シートベルトなどはしていない。ロックバーで固定もされていない。

ワープインの直後に、アルフィンは失神した。ゆっくりと前のめりに倒れた。倒れる途中で、意識が戻った。反射的に、からだが動いた。どこかにつかまらなくてはいけない。

腕が空中を泳いだ。空振りした右手が、自分自身の上着を握った。そこにアートフラッシュがあった。四角いボタンだ。それをアルフィンはつかみ、強くひねって上着から引きはがした。指先がボタンの裏側を押した。

押してから、アルフィンは気がついた。いま自分の手の中にあるものが何なのかを。悲鳴をあげた。恐怖が、彼女をパニック状態に陥れた。

アルフィンはアートフラッシュを投げ捨てた。力いっぱい放った。四角いボタンはほとんど一直線に通路を飛び、突きあたりのドアにあたって発火した。

オレンジ色の火球が丸く広がった。

炎が燃えあがる。ドアが火花を散らして融《と》け崩れる。
それは武器倉庫のドアだった。
非常警報が鳴り響いた。
ワープインを完了し、一息ついていたジョウたちは、とつぜんの警報に驚き、シート
の上で飛びあがった。
武器倉庫で火災発生。
コンピュータが、事故の内容を伝えた。
ジョウはコンソールのキーを叩いた。スクリーンの映像が素早く切り換わった。
最初に映ったのは、燃えさかる武器倉庫の扉だった。すでに、自動消火装置が作動し
ている。天井からガスが噴出し、炎を押さえこもうとしている。
つぎに映ったのは、扉前の通路だった。
そこに、アルフィンがいた。凝然《ぎょうぜん》と立ち尽くし、アルフィンはうつろな目でオレンジ
色の炎をぼんやりと見つめている。
「いかん！」
タロスが動いた。
シートから飛びだし、走りだした。武器倉庫へと向かう。
「ドンゴ、ここはまかせた」

ジョウが言った。タロスのあとを追う。さらにその背後にガンビーノとリッキーがつづく。

四人は、ほぼ同時に武器倉庫の前に至った。

タロスがアートフラッシュの中和を開始した。通路のロッカーからボンベを取りだし、中和剤を炎めがけて噴霧《ふんむ》する。

リッキーとガンビーノは武器倉庫の反対側にある資材倉庫にまわった。そちらへの延焼を防ぐためだ。炎が壁を突きぬける前に、中和剤を撒《ま》いておかなくてはいけない。

ジョウはアルフィンを救出しようとした。しかし、アルフィンはパニック状態のピークに達していた。ジョウの姿を目にして、いきなり叫び声をあげた。半狂乱だ。手足を振り、ただひたすらに暴れまわる。

手がつけられない。ジョウの声もまったく耳に届かない。

やむを得なかった。ジョウはアルフィンの首すじに手刀を打ちこんだ。アルフィンはくたりと崩れ、気を失った。

ジョウはアルフィンのからだをかかえ、船室へと運んだ。ベッドに横たえたとき、左手首の通信機が鳴った。タロスがジョウを呼びだしている。

「あきません」タロスは言った。

「アートフラッシュがドアの中心部に入りこんでいます。表面しか中和できません。このままだと内部に炎が入りこむ」

最悪の事故であった。〈ミネルバ〉はワープ空間にいる。この状況でも、宇宙船の中だけで処理できれば、事故は致命的なものにはならない。だが、武器倉庫が爆発して〈ミネルバ〉の外鈑《がいはん》に穴があいたら、事情は大きく違ってくる。船外に放出されたエネルギーでワープ空間にひずみが生じ、〈ミネルバ〉はもう二度と通常空間に戻ることができなくなる。

「素粒子爆弾を使う」ジョウは言った。

「格納庫にあるのを持って、そっちに行く。それでドアを蒸発させる」

「一か八かですな」

「失敗しても結果は同じだ」

「たしかに」

ジョウは、素粒子爆弾を手にして、武器倉庫前の通路に戻った。タロスが素粒子爆弾を受け取った。直径三十センチほどの球体である。すぐにセットにかかった。

ジョウは通信機をオンにした。

「リッキー、ガンビーノ。素粒子爆弾を使う。そっちはそこから待避しろ」

「どっひゃあ」

リッキーが頓狂《とんきょう》な声をあげた。

セットが完了した。タロスは後方に退いた。素粒子爆弾は音も光も熱もださない。作動すると、その本体が消滅する。そして、その数秒後に、周囲の質量も蒸発するように消える。消える範囲は、調整できる。タロスは直径で三メートルにセットした。

素粒子爆弾のスイッチが入った。

一瞬で、すべてが終わった。まるで手品でも見ているかのようだ。通路の床、燃えさかるドア、天井の一部などが、掻《か》き消すように消失した。直径三メートルの何もない球形の空間が、ジョウとタロスの眼前に忽然《こつぜん》とあらわれた。

「よっしゃあ！」タロスが手を打った。

「成功だ」

と思ったつぎの刹那《せつな》。

火花が散った。壁の端、床との境目だった。

炎が残っていた。それがいつの間にか、〈ミネルバ〉の外鈑に達している。

壁が吹き飛んだ。船外に向かって空気が噴出する。

「ちいっ」

タロスは舌打ちした。

3

システムが反応した。隔壁が自動的に降りてくる。破損箇所が即座に封鎖される。

しかし。

すべては手遅れだった。

「やっちまった」

呻《うめ》くようにタロスが言った。ワープ中にエネルギーが船外に放出された。異空間に閉じこめられる。これでもう、永久に通常空間には戻れなくなった。

「くっそお」

ジョウとタロスは互いに顔を見合わせた。言葉がでてこない。空気が重い。隔壁の向こう側では、システムがアートフラッシュを中和している。損傷は軽微だ。すぐに修理できる。だが……。

そのときだった。

「キャハハ。〈みねるば〉、わーぷあうと完了」ドンゴの声がけたたましく飛びだしてきた。

「外鈑破損ノ直前ニわーぷ空間ヲ抜ケタ。現在、〈みねるば〉ハ通常空間ヲ加速二十ぱーせんとデ航行中。キャハハ」

ジョウの手首の通信機からだった。

「なにい」

タロスが目を剝《む》いた。

ジョウは通路の壁に駆け寄った。そこにシステムの端末と小型スクリーンがはめこまれている。

映像を呼びだした。船外の映像だ。

闇がスクリーンを覆った。闇の中で、無数の星が燦然《さんぜん》と輝いている。

通常空間だ。間違いない。〈ミネルバ〉はたしかにワープアウトしている。

「けっ」タロスが肩をそびやかした。

「おどかしやがって」

毒づくように、言った。

メインスクリーンに、奇妙な模式図が映しだされていた。

太陽系の構造図だ。立体映像で描かれている。中央に恒星があり、その周囲を六個の惑星がめぐっている。

惑星は、明らかに人工的に配置されていた。

二個ずつが同一軌道をまわっている。したがって、惑星軌道は三つしかない。同じ軌道上にある惑星はそれぞれが恒星をはさんで正反対の位置にあるため、けっして互いの姿を見ることはない。また三つの惑星軌道は、六十度の角度をもって交差しており、軌道間の距離は、異常なほどに近い。

「初期の惑星改造《テラフォーミング》、唯一の傑作ですよ」タロスが言った。

「このプロジェクトには、俺たちのチームも参加していた」

「初期には、こんな改造をしていたのか？」

ジョウが訊いた。

「技術を確立させるために、いくつかの太陽系で実験的な改造をおこなったんじゃ」ガンビーノが言った。

「試行錯誤の時代と言えば、少しは聞こえがいいかな。人類がより快適に居住できるようにということで、莫大な予算をつぎこみ、惑星の形状、位置、軌道、そういったものすべてを強引に変えた。ただし、その試みのほとんどが失敗した。ある太陽系では、惑星同士が衝突し、大惨事を招いた。恒星に惑星が全部呑《の》みこまれてしまった太陽系もあった。成功したのは、ただのひとつきりじゃ」

「それがピザンってわけかい？」

リッキーがスクリーンを指差した。

「そうだ」タロスがうなずいた。

「これは奇跡の太陽系だ。こんな改造は二度とできない。皮肉な話だぜ。成功して、はじめてそれがわかった。それ以降、むちゃな改造は影をひそめた。どこの太陽系でも見かける、ごくふつうの改造をするようになった。惑星軌道や衛星の位置には極力、手をつけない。惑星の地表だけを人類の環境に適合させる。それが基本的な改造指針となった」

「どうして連帯惑星と呼ばれている？」

ジョウが問いを重ねた。

「模式図をよく見れば、すぐにわかります」

アルフィンが答えた。アルフィンは、ジョウの横に立っていた。少し前に操縦室にやってきた。ガンビーノが治療を施し、アルフィンは意識を戻した。首すじの打撲の痕《あと》は痛みとともに、あとかたもなく消えた。ジョウが、そのように配慮して打ったからだ。なぜそうしなければならなかったのかを、ガンビーノは治療をしながら、アルフィンに語った。〈ミネルバ〉が受けたダメージと、間一髪のワープアウトを知り、アルフィンは涙を流した。

「申し訳ありません」

主操縦席にきたアルフィンは、クラッシャーたちに向かい、深々と頭を下げた。それから、前に進み、ジョウの横に立った。ジョウは黙って、メインスクリーンを示した。

アルフィンの表情がわずかに変化した。眉のあたりが、ぴくりと跳ねた。

そこに映っているのは。

ピザン太陽系の立体模式図であった。

「映像を拡大してみましょう」タロスが言った。

「惑星と惑星の間の空間に仕掛けがあるんです」

画面が変わった。惑星のひとつがアップになった。ジル・ピザン。最外縁の軌道上にある第五惑星だ。青い色の美しい惑星である。

「もうすぐ第三惑星、デル・ピザンがめぐってきます。両者が接近する瞬間に注目してください」

「わかった」

アルフィンに言われ、ジョウは瞳を凝《こ》らした。

惑星に惑星が近づいていく。最接近時の距離が、信じがたいほどに近い。

「ん？」

ジョウは身を乗りだした。画面の一部がきらりと光った。白い筋のような光だった。それが惑星と惑星の間の闇の中で一瞬、燦いた。

「力場チューブです」

アルフィンが言った。

「力場チューブ？」

ジョウはアルフィンを振り返った。

「詳しい構造や仕組みは、教わっていません」アルフィンは言葉をつづけた。「惑星と惑星の間に、巨大なリングがいくつも置いてあるんだそうです。直径数百メートルというサイズのリングです。それが力場発生装置で、惑星同士がある条件――惑星上に設けられているプラットホームが互いに向かい合う状態になったとき、力場が発生し、透明な力場のチューブが形成されます。そのチューブが、宇宙空間につくりだされた人工の通路になるのです」

「通路ってことは、その中を通って人や物が惑星間を往来できるってことかい？」

「ええ」アルフィンは小さくあごを引いた。

「わたし自身もかぞえきれないくらい利用しています。ピザンでは惑星間を移動するのに宇宙船を必要としません。ただプラットホームに立っているだけでいいんです。力場チューブがつくられると、ふいにからだが浮きあがります。あっという間の出来事です。気がつくと中央リングで上下が反転し、べつの惑星上のプラットホームにふわりと着地しています。ちゃんと足のほうから降りられるんです」

「移動時間は？」

「十五分くらいです。自分が存在する場ごと移動するので、摩擦熱とか圧縮熱とか、そういう問題は生じません。加速も感じないほどです」

「すげえや」

リッキーがうなった。そんな仕掛け、どこへ行こうと、見たことがない。耳にするのも、はじめてである。

「力場チューブの有効時間は、ピザンの標準時間で一時間ってとこですな」タロスが口をはさんだ。

「惑星改造計画の一環として、力場チューブも設置されたんです。これも、うまくいったのはここ一例だけでさあ。やたらとコストもかかるし、成功率も低い。それで普及することがなかった。そういう代物《しろもの》です」

「力場チューブでつながれた連帯惑星か」

ジョウはあらためて、メインスクリーンを見つめた。力場チューブが放つ白い光が、またいくつか燦いた。

「惑星の名前を教えてくれよ」アルフィンに向かい、リッキーが言った。

「どれがどれで、どういう特徴を持っているんだい？」

「映像をだそう」タロスが言った。

「第六惑星から映していく」

最外縁の惑星がスクリーン上でアップになった。海陸比が半々になっている惑星だった。大きな大陸が赤道付近を取り巻いている。

「ゲル・ピザンです」アルフィンが、あらためてスクリーンに視線を据《す》えた。

「惑星改造が最小限度に抑えられた星です。大陸は深い密林で覆われていて、そこに、ピザン中の猛獣や危険な生物が集められています。かなり大胆な生態系再構築計画でした。他の惑星を改造している間の一時的な処置だったんですが、計画がすごくうまくいってしまったため、そのままになっています」

「人間は？」

「五千人くらいかしら。居住しているのは。生物関係の学者と観光業者がほとんどです。生物学者は、移植生物が巨大化するなどの学問的に興味深い事例がいっぱいでてきたので、銀河系のあちこちからゲル・ピザンにやってきました。観光業者はわかりますね。大陸のそこかしこにホテルが建っています。移植生物が、そのまま観光資源になったのです。ホテルは、敷地全体をドームで覆い、環境にあまり影響を与えないようにして営業をおこなっています。たぶん、住民すべてよりも、滞在している観光客のほうが、はるかに人数が多いはずです」

「その観光客は、いまどうなっている？」

ジョウが訊いた。

「わかりません」アルフィンはかぶりを振った。

「出国したのか、ホテルにとどめおかれているのか。さっき端末をお借りして検索してみましたが、完全に不明です」

「第五惑星に移ります」

タロスが言った。惑星が変わった。力場チューブのシミュレーション・サンプルに使われたジル・ピザンの映像が入った。

「見たとこ、ふつうの惑星だよね」リッキーが言う。

「ちょっと海の割合が大きいかな」

「海陸比は八対二。ジル・ピザンはリゾート惑星として、設計されています」

「惑星全体がテーマパークってやつじゃな」

ガンビーノが言った。

「ええ。スポーツ施設や劇場、遊園地などがいっぱいあって、遊ぶ場所には不自由しません。ピザンは連帯惑星なので、惑星単位で用途を限定したんです」

「贅沢《ぜいたく》な話じゃのう」

ガンビーノは感心し、白い眉を二、三度、上下させた。

4

「つぎは第三惑星と第四惑星か」

タロスがまた映像を切り換えた。

「デル・ピザンとガル・ピザン」アルフィンが言った。

「第三惑星のデル・ピザンは工業惑星です。ピザンの重工業施設の八割以上がこの星に集中しています。対照的に、第四惑星のガル・ピザンは農業惑星として開発された星です。ピザンで消費される穀類、野菜、果物などのほとんどはガル・ピザンで生産されています」

「牧場なんかはないの？」

リッキーが訊いた。

「それは第二惑星が担当してるわ」

アルフィンは答えた。リッキーのきさくな口調につられ、堅苦しかった言いまわしが、少しほぐれた。

「第二惑星っていうと、ドル・ピザンだな」

タロスがさらに映像を変更する。

「ここはグリュックの放牧で知られているの」アルフィンはスクリーンを指差した。

「肉や、ミルクが食用になる大型の哺乳類。卵がすごくおいしいベラっていう鳥も有名なんですが、ドル・ピザンなら、やはりグリュックね」

「グリュック、グリュック。……これか」

ジョウがデータベースを検索した。スクリーンにその生物の立体映像が入った。長毛種の四足獣で、テラのゾウと牛と羊をかけ合わせたような姿をしている。

「映像じゃ、わからないかしら」アルフィンは言う。

「グリュックは肩まで三十メートルもあるの。近くに行くと、大きなビルがいくつも建ち並んでいるって感じ。体重は二十トン以上。見た目は怪物みたいな動物なんだけど、性格はとてもおとなしいんです。草食で、穏やか。人にもよく馴れるし、飼うのもすごく楽って言われてます」

「こんなやつを群れで放牧するんじゃ、たしかに惑星ひとつがまるごと必要になるな」

ガンビーノが言った。

「で、ドル・ピザンの反対側にあるのが、第一惑星のアル・ピザンだ」

タロスは最後の惑星をスクリーンに映しだした。

「アルフィンはこっからきたんだね」

リッキーが言った。

「そうです」

アルフィンは答えた。答えながら、目を伏せた。

「首都ピザンターナのある、あたくしの生まれて育った星です」

そこまで言って、言葉が途切れた。あとがつづかない。

アル・ピザンを見るのと同時に、アルフィンは思いだした。あの星で何が起きたのかを。なぜ、エマージェンシー・シップで、ひとり脱出しなければならなかったのかを。

しくじった。

四人のクラッシャーは、唇を噛んだ。

せっかく少し明るくなったのに、またアルフィンの心が暗く沈んでしまった。

四人とも口をひらくことができない。アルフィンもおし黙っている。

沈黙が重い。操縦室がいやな静けさに包まれていく。

その静寂が唐突《とうとつ》に破られた。

破ったのは、ドンゴだった。

「キャハッ。緊急事態発生」きんきんと、ドンゴの声がコクピットに響いた。

「２Ａ６０３方向ヨリ飛行物体。じる・ぴざんヨリ飛来シタ模様。〈みねるば〉ニ向ケ、急速接近中。照準ヲろっくショウトシテイル。キャハ」

いきなり状況が変わった。空気がどうのこうのなどとは言っていられない。

緊張がみなぎった。四人全員がコンソールに向き直った。

アルフィンひとりだけが、どうしていいかわからず、その場に立ち尽くしている。

「ドンゴ！」ジョウが叫んだ。

「アルフィンを船室に。着いたら、そのままそこに留まれ」

「キャハ。了解」

ドンゴはジョウの命令に従った。アルフィンを連れ、操縦室から離れた。

「戦闘機だ」

タロスが言った。

ジョウはスクリーンに視線を戻した。タロスが映像を調整した。飛行物体は、そこにはっきりと映しだされている。細長い銀色の機体だ。全部で六機。地上発進型の宇宙戦闘機であることが一目でわかる。

「ピザン宇宙軍の制式戦闘機ですな」タロスはマーキングを確認した。

「通信は受けつけません。警告をだす気もない。すでに攻撃態勢に入ってます」

「3B700に反転。同時に左舷からミサイルを発射する」

ジョウの指示が飛んだ。

「了解」

タロスがレバーを操作した。

〈ミネルバ〉が針路を変える。船体がうねるように向きを転じる。

戦闘機が散開した。〈ミネルバ〉の動きを見て、包囲する作戦をとった。

「ひっかかったな」

ジョウがにやりと笑った。コンソールにトリガーグリップが跳ねあがった。ミサイルの発射装置だ。照準を定め、ジョウはボタンに指をかける。

戦闘機が撃ってきた。レーザービームが疾《はし》った。それを、巧みな操船でタロスがかわす。

ジョウの指がトリガーボタンを押した。三基のミサイルが射出された。多弾頭型のミサイルだ。戦闘機のただなかに、突っこんだ。

戦闘機がミサイルを回避する。弾頭が分離した。五つに分かれた。〈ミネルバ〉の放った三発のミサイルが、十五方向に飛び散る。戦闘機は、それをよけきれない。二機が火球となった。弾頭に直撃され、吹き飛んだ。

「再反転！」

ジョウが怒鳴った。

〈ミネルバ〉が急旋回する。Gが大きい。慣性中和機構でも、その力を吸収しきれない。外洋宇宙船とは思えぬフットワークだ。戦闘機は意表を衝《つ》かれ、混乱した。

その隙《すき》をジョウは見逃さない。

ブラスター発射。ミサイル連射。

「いかん！」ガンビーノの声が強く響いた。

「4F336に新手じゃ。まっすぐに向かってくる」

空間表示立体スクリーンに映っている光点は、十個を超えていた。相当数の増援である。いかにクラッシャーでも、これは不利だ。

「ピザン星域から離脱する」即座にジョウは決断した。

「タロス、ワープポイントに向かえ。いったん退く。出直しだ」

〈ミネルバ〉の周囲では、発射したミサイルがつぎつぎと爆発している。しかし、戦闘機の数は減じていない。

「仕方ないですな」

他人事のようにタロスが言った。タロスがこういう口調になるときは、苦境に陥っていることが多い。〈ミネルバ〉はワープ空間で起こした事故で、船体にダメージを負っている。それが、操船に影響し、いまひとつ無理が効かない。

ジョウは、さらにミサイルを発射した。ブラスターも撃ちまくった。すべて牽制《けんせい》のためだ。これで、戦闘機の追撃を妨害し、逃げ道をひらく。

「エンジン全開」

タロスがレバーを大きく倒した。

そのとき。

フロントウィンドウがオレンジ色に染まった。

火球だ。炎の玉が燃えあがった。

戦闘機が捨て身の動きを見せた。一機が、みずからミサイルに当たり、〈ミネルバ〉の針路をふさいだ。タロスは素早く逆制動をかけ、〈ミネルバ〉を回頭させた。

速度が鈍る。戦闘機が追いついてくる。

光条が錯綜《さくそう》した。レーザービームだ。四方から、〈ミネルバ〉めがけて降ってきた。最初に吹き飛んだのは、左舷の垂直尾翼だった。つぎに右舷後方のミサイル格納庫をビームが貫通した。ミサイルが船内で爆発し、〈ミネルバ〉の外鈑をえぐった。

「リッキー、動力を限界までアップ。予備動力炉も使え」

ジョウが言う。スクリーンに警報が浮かんだ。ひとつやふたつではない。メインスクリーンがすべて警報で埋まってしまいそうなほどに被弾した。船体はずたずただ。

「動力七十五パーセント。兄貴、出力があがらない」

リッキーが言った。声がかすれている。

「タロス、まだワープできないか？」

「無理です。離脱どころか、ピザン星域内に向かって飛んでます。ノズルを三つばかしつぶされた。回復できねえ」

タロスの手がコンソールの上でめまぐるしく動いている。コンソールが赤い。警告灯がそこらじゅうで明滅している。

「戦闘機、距離は二万。詰められている。あと八十秒で、向こうの射程内に入る」

ガンビーノが言った。タロスと同じで、この老人の言葉にも切迫感がない。淡々としている。

「やむをえん」ジョウがシートから立ちあがった。

「分散して逃げる」

「そうですな」タロスがうなずいた。

「それがいちばんだ」

「リッキー、ガンビーノ！」背後を振り返った。

「おまえたちは〈ファイター2〉に乗れ。俺はアルフィンを連れて〈ファイター1〉ででる。二機で、戦闘機の編隊を徹底的にかきまわすんだ」

そこで、またジョウは操縦席に視線を向けた。

「タロスはそのあいだになんとか〈ミネルバ〉を安全圏に運んでくれ。うまくいけば、あとで合流できる」

「全力を尽くしましょう」

にっと笑い、タロスは言った。

ジョウたちは、すぐに動いた。操縦室から飛びだし、格納庫に向かった。ドンゴは、通信機で呼んだ。格納庫に着くと、もうドンゴとアルフィンがそこで三人を待っていた。

最初にジョウとアルフィンがヘルメットを装着し、〈ファイター1〉に乗りこんだ。

搭載機の発進は、一機ずつでないとできない。ハッチがひらき、〈ファイター1〉が上昇する。ノズルを噴射し、後退させる。

船外にでた。機体をひねり、反転させた。メインエンジンに点火。一気に最高加速へと持っていく。

〈ファイター1〉が〈ミネルバ〉から離れた。再度、方向転換。すぐに〈ファイター2〉が離脱する。その援護をしなければならない。

トリガーグリップを起こし、ジョウはボタンに指を置いた。キャノピーの向こうに、〈ミネルバ〉が見える。

ジョウの全身が硬直した。

格納庫のハッチがない。

予想だにしていなかった。〈ファイター1〉が姿勢を変える一瞬の出来事だった。そのあいだに、戦闘機のレーザービームがハッチを灼《や》き切った。

「ガンビーノ！　リッキー！」

ジョウは叫んだ。

がくんとショックがきた。

電子音が鳴った。コンソールのスクリーンが、赤く光った。被弾した。〈ファイター1〉も撃たれた。ピザン宇宙軍の戦闘機は思ったよりも足が速い。エンジンを一基、ビームに貫かれた。

ジョウは反射的にミサイルの発射ボタンを押した。

〈ファイター1〉の背後に迫っていた戦闘機は二機だった。その二機にミサイルが命中した。

しかし、ビームは、まだ何本も飛来してくる。

と、とつぜん、そのビームがさえぎられた。

〈ミネルバ〉だ。〈ミネルバ〉が〈ファイター1〉のカバーにまわった。

「降伏する」

通信機から、タロスの声が流れた。戦闘機に向けてメッセージを送りだしている。

「抵抗はしない。こちら〈ミネルバ〉。降伏する」

「どうするの?」

アルフィンが訊いた。

「タロスが、俺たちを逃がそうとしている」ジョウは言った。

「こっちはその配慮に従うほかはない。この機体はもうだめだ。ピザンの惑星のどれかに不時着する」

「タロスやリッキーたちは?」

ジョウはスクリーンに目をやった。降伏した〈ミネルバ〉に、戦闘機が接舷しようとしている。どうやら撃墜は免れたらしい。ピザン宇宙軍は、〈ミネルバ〉を捕獲する気でいる。

「あいつらは大丈夫だ」ジョウは低い声で言った。「クラッシャーは、殺しても死なない」

惑星が近づいていた。窓外に巨大な円盤が広がっている。大陸が見える。濃い緑に覆われた惑星だ。

「だめ！」ふいに、アルフィンが悲鳴のような声をあげた。

「あの惑星に降りちゃだめ！　あれはゲル・ピザンよ。猛獣の惑星！」

だめと言われても、もう手は何も打てなかった。

〈ファイター1〉は落下するように、ゲル・ピザンへと突っこんでいった。

5

不時着した。

一応、場所は選んだ。密林の切れ目にある灌木《かんぼく》地帯だ。わりに平坦な台地である。

〈ファイター1〉はおよそ百メートルにわたって樹木を薙《な》ぎ倒し、ようやく止まった。

キャノピーがひらき、まずアルフィンが、つづいてジョウが機外に飛びだす。

ふたりは、地面に降り立つと、すぐに密林に向かって駆けだした。ジョウがアルフィンの手を引いた。

〈ファイター1〉が爆発したのは、ふたりがグロテスクによじれた巨大な木の蔭《かげ》に入りこむのと同時だった。轟音とともに、火のついた破片が四方八方に飛び散った。アルフィンはジョウにしがみついた。

「大丈夫。ここまでは飛んでこない」

ジョウが言った。アルフィンはおもてをあげた。表情が不安で曇っている。

「これからどうするの？」アルフィンは訊いた。

「ここにいたら、きっと猛獣に襲われる」

「力場チューブのプラットホームに行こう」ジョウは答えた。

「なんとしても、アル・ピザンに行きたい」

アルフィンの目が丸くなった。

「どうやって？〈ファイター1〉は爆発しちゃったわ」

「足があるだろ」ジョウは薄く笑った。

「不時着する前にプラットホームの方角は確認しておいた。さっき映像で見たのと同じ形状をしていたから見間違えじゃない。向こうに五十キロほど行ったところにある」

背後に広がる密林の奥を、ジョウは指差した。

「むちゃだわ」アルフィンは首を横に振った。

「密林の中には獰猛《どうもう》な野獣がいっぱいひそんでいる。そんなの、自殺行為よ」

「ここに留まるほうが自殺行為だね。クラッシュパックもある。襲われたら、戦えばいい」

ジョウは右腕を引きあげた。その手に赤いトランクのようなものが握られている。〈ファイター1〉から脱出するときに持ちだした。硬質プラスチック製の背嚢《はいのう》である。

「クラッシャーが仕事のときに携行《けいこう》するクラッシュパックだ」ジョウは言を継いだ。「中には武器や食料品なんかが入っている」

地面に腰をおろし、ジョウはクラッシュパックのカバーをあけた。中身をひとつずつ取りだす。

「これは無反動ライフルだ」説明をはじめた。「至近距離からなら、戦車の装甲を撃ちぬくことも可能だ。それに、アタッチメントを使うことで、いろいろな種類の銃弾を使うこともできる」

ライフルを下に置いた。

「こっちは小型のバズーカ砲だ。砲弾は十発。威力はライフルよりも大きい。ライフルもバズーカ砲も扱うには少し訓練が要《い》る。まったくの素人《しろうと》が使うとかえって危険だ」

「これは？」

アルフィンが小型の拳銃を指差した。

「レイガンだ。アルフィンには、これが向いている」ジョウはレイガンをアルフィンに渡した。

「銃身にダイヤルがついているだろ。それをまわして出力を調整する。数字が大きいと威力は増すが、そのぶんエネルギーパックが空《から》になるのも早い。護身用としてなら、3くらいにしておくのが無難だと思う」

アルフィンはジョウの言葉に従い、ダイヤルの目盛りを3に合わせた。

「手榴弾もある」ジョウは拳大の球体を取りだした。

「二個、預ける。上着の裾にフックがある。そこに金具をひっかけるんだ。――そう。それでいい。あとは食料と固形燃料だな。ケースに入っているのが、非常用のクッキー。水も、これで補給できる。ポーチのほうが固形燃料。どちらもフックに装着しておく。大事に食べれば三日はもつはずだ」

ジョウは立ちあがり、バズーカ砲をパックに戻した。ベルトを伸ばして、背負う。ライフルは右手に持った。

「レイガンとライフルだけで密林に入るの？」

「どうってことはない」ジョウは言った。

「たいていのことはこの二挺で間に合う。クラッシュジャケットは防弾耐熱だ。猛獣の牙にも強い。たぶん」

「たぶんね」

「時間がない。行くぞ」

ジョウが歩きはじめた。アルフィンも、そのあとにつづくほかはない。

密林の中へと進んだ。

暗い。地面がじっとりと湿っていて、滑《すべ》る。

しばらく、歩を運んだ。うねるように密生している樹木の根や倒木が、足場を悪くしている。速度があがらない。おまけに、あちこちから猛獣のものとおぼしき咆哮《ほうこう》が響いてくる。それがアルフィンをひどく怯えさせ、体力を奪う。

二十分ほどで、アルフィンは音《ね》をあげた。休みたいと言いだした。

密林のただなかである。あまりにも早すぎる休憩だ。しかし、相手がお姫さまでは異も唱えられない。

「五分だけ」

ジョウは足を止めた。アルフィンはほおと息を吐き、膝を折った。巨木の幹にもたれかかった。

と。

揺れた。

大地がかすかに揺れた。

地震か、とジョウは思った。が、すぐにそうではないとわかった。どおんという低い音も聞こえた。揺れが規則的に足もとを上下させる。音も、それに連動している。しかも、振幅と音は、じょじょに大きくなる。

「足音だ！」

ジョウは直感した。何か巨大な生物が、こちらに向かってきている。これはその足音だ。

「こっちへ」

ジョウはアルフィンに駆け寄った。手をつかみ、ひっぱった。巨木の蔭に飛びこんだ。どこかに隠れなくてはいけない。

しかし。

ジョウは間違えた。密林に立ち並ぶ巨木の群れが音を反響させ、方向を狂わせていた。足音の主は、ジョウたちのほうへは向かっていなかった。その脇を抜けようとしていた。

その脇とは、つまり、ジョウたちが飛びこんだ巨木の蔭である。

ジョウとアルフィンは、真正面から、足音の主と顔を合わせた。

体高十五メートルの巨大爬《は》虫類。立って歩く蜥蜴《とかげ》という表現が、ぴったりの化物だった。

「ザゴル」アルフィンがつぶやくように言った。

「ゲル・ピザンでいちばん獰猛《どうもう》な生物よ」

あとじさった。逃げようとしているのではない。恐怖で、いつの間にか足だけが動いている。

「…………」

ジョウは何も言わなかった。無言で、ライフルを構えた。ザゴルはふたりを見おろし、口をひらいて舌なめずりをしている。腐臭がすごい。吐き気がするほどにいやな匂いを全身に漂わせている。

ジョウはトリガーを絞った。密林に銃声が響いた。距離は約二十メートル。鋼鉄の板も撃ちぬく近距離だ。照準は額の中心に据えた。弾丸が脳を貫通すれば、巨獣といえども、ひとたまりもない。即死する。そう思っていた。

鈍い音がした。うろこと肉が弾けた。鮮血も散った。

だが、ザゴルは死ななかった。額の肉が大きく裂けた。ゼラチン状のやわらかい肉だ。それが弾丸の威力を吸収し、力をそいだ。弾丸は頭蓋骨に跳ね返され、あらぬ方角に飛んだ。

ライフルが効かない。

ジョウの頬がひきつった。

ザゴルが吼《ほ》えた。金属と金属をこすり合わせたような不快な音が耳朶《じだ》を打った。背すじが総毛立つ。

「アルフィン、手榴弾だ！」

ライフルを構え直し、ジョウは叫んだ。アルフィンは恐怖にかられ、棒立ちになっている。ジョウの声が聞こえていない。

「手榴弾を投げろ！」

ジョウはもう一度怒鳴った。今度は届いた。アルフィンははっと我に返り、首をめぐらした。ジョウを見た。

「足もとだ。足もとに投げろ」

ジョウは言う。アルフィンは従った。裾のフックから手榴弾をひとつ外し、ピンを抜いた。

「五つかぞえてから投げる」

ジョウの指示が飛んだ。アルフィンは口で数をかぞえ、手榴弾をザゴルに向かって投げた。

爆発した。ザゴルの左足に命中し、火球となった。

ザゴルが吼える。悲鳴のような叫びだ。さすがにこれは効果があった。

ジョウはライフルを撃った。今度は右足の脛《すね》を狙った。三発を連射した。

弾丸がザゴルの脛をえぐる。二発の弾丸がゼラチン状の肉をえぐり、骨に到達する。

三発目が骨を砕いた。

ザゴルが倒れた。朽《く》ち木が倒壊するように、どうと倒れ、地上に落ちた。巻き添えを食い、巨木が折れる。

ジョウは前に進んだ。手負いの野獣は、危険である。とどめを刺さなくてはいけない。それが鉄則だ。

「ジョウ、上！」

アルフィンが叫んだ。ほとんど金切り声だった。

ジョウは頭上を振り仰いだ。

何かが降ってくる。黒い影がすぐそこに迫っている。

ジョウは横飛びに身を投げた。地面を転がる。体勢を立て直し、ライフルの銃口を先ほどまで自分のいた場所に向ける。

大蛇がいた。黒い影は、全長三十メートルにも及ぶ、巨大な毒蛇だった。

ジョウはライフルを撃った。

数発の弾丸が毒蛇の顔面に命中した。と同時に、毒蛇の尾がジョウの足をすくった。ジョウの手からライフルが落ちた。ジョウは地表に叩きつけられ、背中を強く打った。そこに鮮血をしたたらせた毒蛇が、牙を剝きだして襲いかかってくる。

ジョウは跳ね起き、右手を突きだした。その手にはもう電磁メスが握られていた。電磁メスは毒蛇の喉頸《のどくび》に突き刺さった。ジョウは毒蛇を一気に切り裂いた。

毒蛇が跳ねる、ジョウが飛ばされる。

空中で一回転し、ジョウは足から着地した。その着地した位置に、ライフルがあった。反射的にライフルを拾い、ジョウはトリガーを引いた。

毒蛇が吹き飛ぶ。絶命し、転がっていく。

ジョウはからだを起こした。全身が痺《しび》れたように痛む。しかし、まだやらなければならないことがある。

重傷を負いながらも、四肢と尾を振りまわして暴れているザゴルのもとに行った。口の中に、ライフル弾を撃ちこんだ。

ザゴルの動きが止まった。

これでいい。ひとまず危機を脱した。

ジョウは背後を振り返った。

「アルフィン」

名を呼んだ。

返事がない。

あたりを見まわした。

姿もない。

「アルフィン！」

もう一度、呼んだ。いつの間にか陽が落ちたらしい。薄暗かった周囲が、いまは真っ暗になっている。

その闇のどこにも、アルフィンはいなかった。

6

アルフィンは意識を取り戻した。

何があったのかが、はっきりしない。からだがふわふわしている。まるで宙に浮いているような気分だ。

記憶を探った。

最初に思いだしたのは、ザゴルの不気味な姿だった。巨大な猛獣がアルフィンとジョウめがけて襲いかかってきた。ジョウは応戦した。そこに大蛇があらわれた。ジョウは大蛇を殪《たお》し、アルフィンは木の蔭に移動した。反対側にまわりこもうと考えたのだ。

その時、誰かがアルフィンの口をふさいだ。うしろから黒い毛むくじゃらの手が伸びてきて、アルフィンの顔面を覆った。饐《す》えたような臭《にお》いが、鼻をついた。闇が彼女を包んだ。

あとは何も覚えていない。

アルフィンは上体を起こし、まわりを見た。目に映ったのは、巨大な木の葉だった。葉っぱの上に、アルフィンは寝ていた。葉の下を覗《のぞ》きこんだ。数体の黒い影が見えた。その影が、この木の葉をかついでいる。ふわふわしているはずだ。アルフィンは葉っぱというクッションに乗せられて、どこかに運ばれようとしている。

運んでいるのは誰か？

いま一度、瞳を凝《こ》らしてみたが、その正体は判然としない。あたりが暗すぎる。空は真っ暗だ。しかし、ピザンの惑星は他の惑星の反射光で、けっこう夜が明るい。目が闇に馴《な》染《じ》めば、ある程度の視界が得られる。

全身が黒い長毛で覆われた、身長が一メートルくらいの二足歩行をする生物。

ゲル・ピザンに棲《す》むもので、それに該当しているのは。

ウルウルだ。

アルフィンは、うなずいた。ゲル・ピザンの土着生物で、知能の高い霊長類である。群れをつくっていて、密林の樹上で生息している。

ウルウルがアルフィンをどこかに運ぶ。目的は何か？　餌《えさ》にする。これはちょっと考えられない。ウルウルは草食だ。研究者の報告でも、食肉の記録はない。それに食べるつもりなら、生かして捕えるなんてことはしない。まず殺してしまうはずである。

アルフィンはホルスターからレイガンを抜いた。ウルウルの目的はなんであれ、このまま運ばれてしまうわけにはいかない。脱出する必要がある。

エネルギーレベルを最弱に絞った。さすがに殺すことなどできない。最弱なら、軽いやけど程度ですむだろう。

葉のふちからレイガンを突きだし、アルフィンはトリガーボタンを押した。銃口を左右に薙《な》いだ。

悲鳴があがった。葉っぱが揺れる。投げだされた。アルフィンは密林の地面に転げ落ちた。しかし、予測していたことだ。ダメージはない。アルフィンは素早く立ちあがり、走りだそうとした。

足首をつかまれた。アルフィンはつんのめり、倒れた。ウルウルは、たくさんいた。葉っぱをかついでいる何体かのほかに、数頭がその前後を固めていた。そのうちの一体が、アルフィンの足をすくった。

ウルウルの群れがアルフィンの上にのしかかってくる。アルフィンはレイガンを連射した。また悲鳴があがり、ウルウルが離れた。が、足首をつかんでいる一体は、その手を放そうとしない。アルフィンは自分の足もとにレイガンを向けた。

そこへ。

いっせいにウルウルが飛びかかってきた。腕を押さえられる。毛むくじゃらの手が顔面にかぶさってくる。

また饐えたような臭いを感じた。意識が薄れ、アルフィンは闇に吸いこまれるように気を失った。


強いショックがあった。がくんと突きあげられるようなショックだった。

アルフィンは目をひらいた。淡い光が瞳に射しこんできた。

風が吹いている。地平線が見える。空が少し明るくなってきている。

はっとなった。完全に目が覚めた。あわてて、周囲を見まわした。

密林の中ではない。右手は、壁だ。岩か土か、よくわからないが、切り立った壁になっている。左手は空だ。こちら側に地平線がある。下は、闇。真っ暗で、何も見えない。からだが、なにかに包まれていた。手ざわりで確認した。網《あみ》だ。蔓《つる》で編まれた丸い網である。上昇している。ゆっくりと、アルフィンは上に向かって引きあげられている。

状況を理解した。アルフィンは、網に入れられ、高い崖の上に引きあげられようとしている。どのくらいの高さかはよくわからないが、地平線の位置からみると、高度はすでに数十メートルを超えている。

何をしているんだろう。と、アルフィンは思った。自分の立場も忘れ、ウルウルの習性に興味を持った。ゲル・ピザンには何度もきたし、教師からウルウルの生態についても詳しく学んでいたが、獲物に対して、ウルウルがこんなことをするという話はまだ聞いたことがない。

上昇が止まった。頭上に目をやると、大きな岩が崖に張りだしている。テラス状のオーバーハングだ。

ウルウルが二頭、降りてきた。蔓につかまり、器用にバランスをとって、網に入ったアルフィンをうまくオーバーハングの上へと導いていく。

アルフィンをテラスの上に押しあげた。網からだささずに、アルフィンを岩の中ほどに横たえた。蔓を登り、二頭は逃げるようにその場から離れた。あっという間に、アルフィンの視界から消えた。

アルフィンは、ひとりになった。テラス状の岩の上に、置き去りにされた。空がどんどん明るくなる。まもなく日の出だ。

テラスには、腐臭が漂っていた。明るくなったので、臭いのもとはすぐにわかった。名も知れぬ動物の白骨が、そこかしこに転がっている。

アルフィンはレイガンを探した。しかし、見つからなかった。ウルウルに取りあげられてしまったらしい。

ポケットから電磁メスを取りだし、網を切った。からだが自由になり、アルフィンはテラスの上に立ちあがった。

眺めがいい。地上から百メートル以上はあるだろう。ウルウルの姿はどこにもなく、眼下には密林が黒く、どこまでも広がっている。

太陽が昇ってきた。鮮烈な光が、崖とテラスを照らしだした。崖もテラスも密生する蔓で覆われており、その全面が濃い緑色に輝いている。

ウルウルは、なぜこんなことをしたのかしら？

アルフィンは小首をかしげた。

わざわざこんな高い場所に獲物を運び、放置する。理由がまったくわからない。が、その答はすぐに明らかになった。

鋭い羽音がアルフィンの頭の上でけたたましく響いた。

振り仰ぐと、そこに一羽の巨大な鳥が浮かんでいた。翼長は十四、五メートルもあろうか。鋭利な爪とくちばしが、陽光に燦《きらめ》いている。

バルラ。肉食の猛禽《もうきん》だ。

バルラは、アルフィンめがけて舞い降りてきた。爪が、アルフィンに迫った。

アルフィンは電磁メスを振りまわした。しかし、翼の一撃がアルフィンの腕を打った。

電磁メスは吹き飛び、どこかに消えた。

弧《こ》を描き、バルラが再びアルフィンを狙う。

アルフィンはアートフラッシュを二個、むしりとった。それを、バルラに向かって投げた。ひとつがバルラに命中した。炎が爆発するように広がり、バルラはひるんだ。

アルフィンは、さらにアートフラッシュを投げた。すべてのアートフラッシュを投げ尽くした。後先を考えない。恐怖がアルフィンをしゃにむに動かしている。

バルラが逃げた。崖の上のほうへと飛んでいく。

ウルウルがいた。崖の頂上だ。心配そうに、アルフィンのいるテラスを覗きこんでいる。

生贄《いけにえ》だったのね。

アルフィンは事情を理解した。ウルウルはバルラから自分たちの身を守るため、生贄を供《そな》えているのだ。アルフィンはバルラの餌《えさ》として、ここに置かれた。

冗談じゃないわ。

アルフィンは手袋をはめ、崖に密生する蔓の一本に飛びついた。太くて丈夫そうな蔓だ。これを伝って降りれば、崖下に逃げられる。

数十メートルを下った。

咆哮が耳朶を打つ。いやな声だ。アルフィンは首をめぐらした。

バルラが降下してきた。先ほどのバルラだ。羽毛が焼けて、はげ落ちている。怒りの形相がすさまじい。

アルフィンは左手一本で蔓にぶらさがり、右手でジャケットの表面を探った。アートフラッシュがない。

腰のフックに、手榴弾がひとつ残っていた。アルフィンはそれを外した。ピンを抜き、バルラに向かって叩きつけるように投げた。

爆発した。バルラの真正面で火球が広がった。炎と破片を浴び、バルラの頭部がずたずたに切り裂かれた。

きりもみ状態になって、バルラが落ちる。地上へと落下していく。

アルフィンはほおとため息をついた。わずかに気がゆるんだ。

そこに手榴弾の爆風がきた。アルフィンのからだが激しくあおられた。手が滑った。指が蔓から離れた。

アルフィンは墜落した。悲鳴が反響する。バルラにつづいて、真っ逆さまに地上へ落ちていく。

しかし、アルフィンには運があった。地上は灌木の林に覆われていた。枝先が細かく分かれ、クッションのようになっている灌木だった。その上に、アルフィンは落ちた。

全身がバウンドする。大きく、樹上で何回も跳ねあがる。

ふわりと地面に転がった。投げだされるような落ち方になった。ソフト・ランディングである。腐葉土の層がマットの役を担った。

アルフィンは、すぐに立ちあがった。腕と腰を少し打った。が、怪我はどこにもない。からだじゅうを調べた。武器は完全に使い果たしている。疲労も激しい。

空腹を感じた。フックのケースに固形食料が入っていることを思いだした。それを取りだし、食べた。飢えも渇きも、嘘のように霧散する。

「味はべつとして、効果は満点ね」

アルフィンはつぶやいた。

二十分ほど休んだ。もっと休みたかったが、一か所に長時間留まるのは危険すぎる。あてはなくても、どこかに移動しなくてはいけない。へたをすると、またウルウルに誘拐されてしまう。

歩きだした。横に藪《やぶ》があった。その脇を進もうとした。

藪が音を立てて揺れ動いた。アルフィンの足が止まった。息を呑《の》み、棒立ちになった。

藪が割れる。大きく左右にひらく。

影が飛びだした。黒い大きな影だった。アルフィンの前に立ちはだかった。

アルフィンの絶叫が、密林に甲高く響きわたった。

7

ジョウは巨木の蔭に入った。そこに、下生えの草が踏みしだかれている場所があった。獣のものらしき足跡もある。二足歩行をしている。どうやら、アルフィンは何ものかに連れ去られたらしい。ジョウの脳裏に、ザゴルのあごにくわえこまれたアルフィンの姿が浮かんだ。

「そんなはずはない」

ジョウは頭を振り、そのイメージを打ち消した。手首の通信機をオンにする。

「アルフィン、聞こえるか？」呼びかけた。

「こちらはジョウだ。聞こえているのなら、応《こた》えてくれ。アルフィン！」

空電のノイズがガリガリと鳴った。返事はない。ジョウは知らなかった。バスタオル一枚のアルフィンにうろたえたリッキーが、この通信機の説明をうっかり省いてしまった。アルフィンは、自分が通信機を持っていることに気がついていない。

応答がないのなら、べつの手段で探す。

ジョウはポケットから小さなカードを取りだした。熱源探知機である。クラッシュジャケットには体温を調節する機能がある。ここは熱帯気候の密林だが、クラッシュジャケットを着ている限り、暑さを感じない。ジャケットがよぶんな熱を外に放出しているからだ。その放出された熱の痕跡を、このカードは捉える。ジョウは、探知対象から自分自身を除外し、センサーの感度を調整した。

カードが光った。熱源をキャッチしている。少し時間が経ってしまっているので、熱の残滓《ざんし》はおぼろだ。ぎりぎりで捕捉できた。ぐずぐずしてはいられない。このレベルだと、あと数分で探知不能になる。

ジョウはあわてて動きはじめた。密林の奥へと進んだ。

追跡は、困難を極めた。倒木が行手をさえぎっている。暗闇が足もとをすくい、蔓や枝がライフルの銃身にひっかかる。ジョウは何度も転倒し、同じ場所の堂々めぐりを繰り返した。小型四足獣の群れにも襲われた。夜行性の猛獣だ。三頭を射殺した。

熱源の痕跡が消えたのは、夜が明けはじめたころだった。迷ったり、猛獣と戦っているうちに距離がひらき、時間が過ぎた。

密林の向こうに崖が見える。探知機はまったく反応しない。

勘で動くか、いったん様子を見るか。

様子を見るほうを選んだ。でたらめに探したところで、アルフィンが見つかるはずもない。逆に体力を消耗《しょうもう》し、ジョウ自身も倒れてしまう。ここは、少し休んだほうがいい。そう判断した。

ジョウは岩の上に腰をおろし、その脇にカードを置いた。ケースから固形食料をだして口に含む。一睡もしていないが、いまのところ体力に問題はない。

小さな電子音が鳴った。

熱源探知機のカードだ。目をやると、レベルメーターが光っている。熱源を検知した。レベルが高い。

ジョウは周囲を見まわした。崖のある方角にカードを向けると、メーターがピークに達した。そこに閃光がある。わずかに燦きが残っている。崖は高さ百メートルほど。切り立った断崖である。その下のほうで爆弾が炸裂した。おそらくは手榴弾だ。探知機は、その放熱を捉えた。

「アルフィン！」

ジョウは飛びあがった。アルフィンが崖の途中にいる。信じられないが、そうとしか考えられない。

ジョウはライフルを握り、走りだした。距離は、おそらく数百メートル。全速力でダッシュした。

密林が途切れた。その先は深い藪になっている。ジョウはためらわない。そのまま藪の中へと突入した。小枝が顔を打つ。足を払う。髪にからまる。

しかし、ジョウは気にせず前進した。ここで熱源をキャッチしたのは僥倖《ぎょうこう》だ。この機会を逃したら、また行方を失う。それは絶対に避けねばならない。

藪が薄くなった。隙間から光が漏れだしている。この向こうだ。この藪の壁の向こう側に、アルフィンがいる。

ジョウは藪を大きくひとかきした。

つんのめるように、ジョウは藪からでた。頭から勢いよく飛びだした。

悲鳴があがった。耳をつんざく、すさまじい悲鳴だった。

アルフィンが叫んでいる。ジョウの目の前だ。恐怖に全身を震わせ、アルフィンは、天を仰いで声を張りあげている。

「アルフィン」ジョウが呼びかけた。

「アルフィン。俺だ！」

悲鳴が消えた。

アルフィンが、ジョウの呼びかけに気がついた。

しばらく、ほうけたように、アルフィンはジョウを見ていた。

ややあって、眼前にいるのが、ジョウであることを認識した。

「ジョウ！」

アルフィンは、ジョウに抱きついた。

首にしがみつき、ジョウの胸に顔をうずめた。泣きじゃくる。

ジョウはとまどっていた。こういう経験はない。はじめてだ。どうしたらいいのか、わからない。

しばらくそのままにしておいた。アルフィンは十五分ほど泣きつづけた。泣いて泣いて、泣きまくった。

ひたすら泣いて、すっきりとした。

顔をジョウの胸から離し、おもてをあげた。ジョウの顔を見た。

「それ、どうしたの？」

きょとんとして問う。

ジョウは自分の顔に手をやった。てのひらが血で赤くなった。傷だらけだ。藪にひっかかれ、頬や額が切れた。

「アルフィンこそ」ジョウは言った。

「髪の毛ぐしゃぐしゃで、全身泥まみれだぜ」

アルフィンは自分のからだを見た。ジョウの言葉どおりだった。ふたりとも、ひどい姿である。

アルフィンが吹きだした。ジョウも声をあげて笑った。

ひとしきり、笑い転げた。

ややあって、落ち着いた。笑ったことで、精神《こころ》が鎮《しず》まった。

アルフィンは、これまでのことをジョウに語った。

「なるほど」ジョウは事の次第を知った。

「それで、俺をウルウルと間違えて、悲鳴をあげたってわけか」

「そうなの。でも、ジョウで本当によかった。あたし、あのときどうしたらいいかわからなくなってしまっていて」

アルフィンはまた涙ぐんだ。

「少しまわり道になったが、プラットホームの方角から大きく外れたということはない」話題を変え、ジョウは言った。

「いまからがんばれば、夕暮れまでにはプラットホームにつける。ただ、アルフィンの体力が心配だ。もうしばらく、ここで休んだほうがいいかもしれない」

「そんなことないわ」アルフィンはかぶりを振った。

「あたし、十分に眠ったの。ウルウルに運ばれるとき」

「薬草の抽出液かなんかを嗅《か》がされたんだな。それなら、問題はない。急いで行こう」

「ジョウは一睡もしてないんでしょ？」

「俺はクラッシャーだ。このくらい、なんでもない」

ジョウは言った。アルフィンの手を把《と》り、方角を再確認して、歩きはじめた。アルフィンの消耗は本人が思っているよりも激しい。見れば、それがわかる。ジョウはアルフィンを支えるようにして密林を進んだ。

二時間が経過した。そのあいだに、三回ほど休憩をした。速いペースではないが、予想よりも悪くない。午前中は猛獣もどこかに身をひそめているらしく、密林はひっそりとしている。

「ごめんなさい」歩きながら、アルフィンが謝った。

「あたしがいなければ、もっと楽に進めるのに」

「とんでもない」ジョウは首を横に振った。

「アルフィンは大事なクライアントだ。絶対に置いていったりはしない」

湿っぽくなるのを嫌い、ジョウは冗談まじりに言葉を返した。

「まあ」アルフィンの機嫌が悪くなった。

「じゃあ、あたしのことを心配するのは、あたしが雇い主だからなのね」

頬をふくらませた。この反応は冗談ではない。半ば本気である。

さらに二時間が過ぎた。

密林の様相が変わった。巨木が減り、灌木と蔓状の植物が増えてきた。

やがて、道がなくなった。緑の壁がふたりの行手を完全にさえぎった。密生する灌木に蔓がびっしりとからんでいる。隙間らしい隙間がどこにもない。文字どおりの壁だ。

「トンネルがあるわ」

アルフィンが言った。

「トンネル？」

緑の壁の途中だった。高さ五メートルあまりの壁に直径二メートルほどの穴がぽっかりとあいている。穴はひとつではない。壁に沿って、いくつも口をひらいている。

「この中を抜けていけと言っている感じだな」

穴の奥を覗きこみ、ジョウは言った。

「でも、これって何かへんよ」

アルフィンは眉をひそめている。

「俺もそう思う」ジョウは同意した。

「しかし、この壁は左右に何キロにもわたってつづいている。迂回《うかい》するのは不可能だ。プラットホームに行くのなら、ここを通るしかない」

「それは、たしかにそうだけど」

「一か八かだ。突破しよう」

ジョウはきっぱりと言った。いざとなれば、ライフルがある。バズーカ砲もある。

ふたりは穴の中に入った。ハンドライトを手にして、ジョウが先に立った。

しばらくは何も起きなかった。一キロほどを順調に進んだ。

が。

「ジョウ。足もとがおかしい」

アルフィンが声をあげた。

ジョウはハンドライトで足下を照らした。ハンドライトの光芒《こうぼう》を反射し、緑の床がぬめぬめと光った。液体だ。床に青黒い液体がしみだしている。それが、ジョウとアルフィンの足を滑らせている。

「いやっ！」

アルフィンが叫んだ。

ジョウはハンドライトを後方にまわした。丸い光の中に、アルフィンの姿が浮かんだ。穴の壁から細い蔓が伸びている。それがアルフィンのからだに巻きついた。そして、彼女を宙に持ちあげた。

食肉植物だ。

ジョウはこの穴の正体を悟った。

獲物をこの穴の中に誘いこみ、それを捕えて消化液で溶解する。

あらたな蔓が疾《はし》った。ジョウのライフルの銃身にからみついた。

ジョウの手から、ライフルが消えた。

第三章　ガル・ピザン

1

　ジョウは電磁メスをだした。

　蔓《つる》がくる。それを電磁メスで薙《な》ぎ払う。切れた蔓が、四方に飛んだ。ジョウはアルフィンのもとに駆け寄った。巻きついている蔓を断ち、アルフィンを自由にした。アルフィンはよろめいて、ジョウのからだにしがみついた。

「俺のボタンをちぎるんだ」ジョウは言った。

「ちぎって、うしろに投げろ」

　あらたな蔓が襲いかかってきた。ジョウはそれを電磁メスで斬り伏せた。アルフィンがジョウの上着からアートフラッシュをもぎとる。そして、それを力いっぱい投げた。

　炎があがった。緑のトンネルが燃えあがった。蔓の攻撃が衰える。炎にひるみ、萎縮《いしゅく》する。

「いまだ」ジョウは叫んだ。

「走るぞ」

トンネルを一気に突っきる。そう目論《もくろ》んだ。しかし、うまくいかなった。植物が分泌《ぶんぴつ》する青黒い液体が足もとにねばねばとまとわりつき、膝をうまく持ちあげることができない。足の動きが止まった。

蔓が復活した。今度は前方に湧きあがった。ジョウは自分でアートフラッシュをむしりとり、投げた。

「だめ！」アルフィンが言った。

「そんなことしたら、炎に囲まれてしまう」

「これをかぶって、裾《すそ》を衿《えり》で留めろ」

ジョウはクラッシュパックから袋状になった銀色の布を取りだした。

「耐熱マスクだ」ジョウは言う。

「クラッシュジャケットを着て、これをかぶっていれば、しばらくの間は炎に耐えられる。マスクの裏側にあるボンベの端を口に含めば、空気も供給される」

耐熱マスクだけでなく、ジョウは、クラッシュパックからハンドブラスターもだしていた。小型の火炎放射器である。

アルフィンとジョウは、耐熱マスクをかぶった。と同時に、ジョウはブラスターの銃口を頭上に向けた。トリガーボタンを押す。

火球が噴出した。オレンジ色の炎が、緑のトンネルの天井を灼《や》いた。

蔓と壁が炭化していく。真っ黒になり、破片がぼろぼろと落下してくる。

トンネルの中は、大火災状態になった。アートフラッシュの炎が壁をあぶり、ブラスターの炎が天井をくりぬいている。

「熱いわ、ジョウ」

アルフィンが苦悶の声をあげた。いかに耐熱機能にすぐれていても、この火勢では熱を遮断しきれない。トンネル内の温度は、数百度にも及んでいる。

ブラスターの炎が戻ってこなくなった。天井が貫通した。外部に向かって穴があいた。

「ぶちぬいたぞ」ジョウが言った。

「アルフィン、先に登れ」

ジョウはアルフィンの腰をつかみ、そのからだを高く持ちあげた。アルフィンは天井にあいた穴の縁に指先をひっかけた。炭化した緑の壁に、指がめりこむ。それが手懸《てがか》りになる。

アルフィンが登りはじめた。吸いこまれるように、天井の穴へと全身が入っていく。

ジョウはブラスターを捨てた。ジャンプし、アルフィンにつづいて、天井の穴に飛びこんだ。炎がくる。ジョウは必死で登る。すぐにアルフィンに追いついた。アルフィンの足がジョウの肩にあたる。それを押しあげるようにして、ジョウは前進した。

いきなり周囲が明るくなった。

トンネルの外にでた。ジョウは耐熱マスクをはぎとった。風が頬を撫《な》でる。新鮮な空気が肺に満ちる。

ジョウは穴から這《は》いだし、緑の壁の頂上に立った。すぐ横で、アルフィンが倒れこみ、激しくむせている。ボンベの空気と一緒に、煙も吸いこんでしまったらしい。ジョウはアルフィンのマスクを脱がせ、背中をさすった。

炎があがった。ジョウのすぐ横だ。トンネルの火災はまだおさまっていない。逆に広がっている。絡み合った蔓と蔓の隙間から、炎と煙が噴きだしはじめた。

ジョウは、アルフィンを立たせた。アルフィンの呼吸が正常に戻った。

「走るぞ」

ジョウは言った。アルフィンは無言でうなずいた。

右手、百メートルほどのあたりに、壁の切れ目があった。とりあえず、そこまで進んだ。

切れ目にたどりつく。

足が止まった。ふたりの表情がこわばった。

切れ目の先は、地上ではない。

川だ。それもかなり流れが速い。急流である。ごうごうと音が響いてくる。

「ここの水は大丈夫か？」

ジョウはアルフィンに訊《き》いた。

「毒じゃないわ」かすれた声で、アルフィンは答えた。

「あたし、飲んだことがある」

「オッケイ」

ジョウはアルフィンを抱きかかえた。〝えっ？〟とアルフィンが思った、その直後。

ジョウはアルフィンをかかえたまま、川に向かってダイビングしていた。

水柱があがる。ふたりのからだが、大きく沈む。

意外に深い川だった。流されながらも、ジョウは水面に浮かびあがった。顔をだすと、
流木が見えた。運がいい。ジョウは腕を伸ばし、その幹にしがみついた。左手でアルフ
ィン、右手で流木をかかえた。ジョウはアルフィンを引き寄せ、流木の上に押しあげよ
うとした。アルフィンは、それに気がつき、自分から動いて、幹をつかんだ。その上体
が、流木の上にうまく乗った。
二、三度あえぎ、アルフィンは呼吸をととのえる。
一息ついた。首をめぐらした。アルフィンの背後にジョウがいる。アルフィンは言っ

た。

「ジョウ、いまあたしを助けたのは、あたしがクライアントだからなの？」

ジョウは驚いた。冗談かと思ったが、そうではない。アルフィンは真顔である。

「こんなときに、何を言うんだ」

「こんなときだから、訊くの！」

睨《にら》むように、アルフィンはジョウを見た。

「アルフィン」低い声で、ジョウは言った。

「クラッシャーは、たとえ雇い主でも、好きでないやつは助けない」

言ってから、ジョウは目を伏せた。顔が赤くなるのが、自分でもわかった。


流れが少し緩《ゆる》やかになった。

水温が低い。だが、耐えられないほどではない。流れはプラットホームの方角に向かっている。アルフィンは、人が変わったように上機嫌になった。

しばらくは、このまま流れにまかせて漂っていこう。

ジョウはそう思った。食肉植物の壁は、とうに見えなくなっている。炎はアートフラッシュが燃えつきれば、樹液によって消火されるはずだ。大規模な森林火災になる恐れはない。

クラッシュパックを背中からおろし、ジョウはそのショルダーベルトを流木の枝にひっかけた。

「ジョウ」

アルフィンが振り向き、口をひらいた。

「なんだい？」

「おかしなことになっちゃったわね」アルフィンは言う。

「あたしたち、遭難者みたい」

「川を流されていくほうが、陸地より安全だなんてのはじめてだ」

「ほんと」

ジョウとアルフィンは声をあげて笑った。が、ふたりは間違っていた。ゲル・ピザンの自然の中に安全な場所などはない。集められた猛獣には水棲生物も含まれている。たとえば体長が六メートルにも及ぶ肉食の淡水魚などがそうだ。鮮やかな緑色のうろこに全身を覆われたその怪魚の名は、ジブジブという。

「？」

ジョウの視野の端で、何かが動いた。ジョウは瞳を凝《こ》らした。水面に、緑色の突起物が浮かびあがってくる。

「どうしたの？」

アルフィンが訊いた。

「あれ、なんだ？」

ジョウは左手前方を指差した。アルフィンは、その方角に視線を振った。

二十メートルほど先だった。そこに三角形の影があった。見るのと同時に、アルフィンはその正体を知った。忘れていた重大な事実を思いだした。

「ヒレだ」ジョウが言った。

「魚のヒレ。そうだろ？」

「だ……め」

アルフィンの声がかすれた。

「逃げなきゃ、だめ！」ジョウに向き直り、悲鳴のように叫んだ。

「あれはジブジブよ。狂暴な肉食魚。人間だって一呑《ひとの》みにする」

その声が終わるか終わらぬうちだった。ジブジブがきた。猛然と襲いかかってきた。

巨大な口が盛りあがった水面の上に出現した。鋭い牙がびっしりと並んでいる。赤い口腔《こうこう》がぬめぬめと光る。

ジョウは反射的に動いた。流木から腕を離し、水中にもぐった。武器を取りだした。ナイフだ。電磁メスではない。合金製の、ただのナイフである。いまは、それしか得物がない。

ジョウは深くもぐり、流木につかまるアルフィンに気をとられたジブジブの下に入った。頭上に白い腹部が見える。そこを狙い、ジョウはナイフを突きあげた。

手応《てごた》えがあった。だが、ナイフの刃はジブジブのうろこよりも非力だった。わずかに血が流れた。浅手だ。ジブジブは反転し、体をひるがえした。

ジョウは必死で逃げる。不意打ちにしくじったとなれば、もう勝ち目はない。ジブジブの牙が迫ってくる。一咬《ひとか》みされただけで、ジョウの足はちぎれ、肉片となる。

ジブジブが突っこんできた。ジョウは間一髪でその攻撃を避け、怪魚の背中へとまわりこんだ。すぐ近くにジブジブの頭部がきた。ジョウはナイフをジブジブの左目に突きたてた。

つぎの瞬間。

ジブジブの尾が大きく跳ねた。その先端が、ジョウの後頭部を打った。痛烈な一打だった。ジョウの意識が飛んだ。すうっと闇に沈む。ナイフが指先からこぼれ、ジョウはごぼりと泡《あわ》を吐いた。

ジブジブがくる。眼前に牙の林が広がる。

爆発音が響いた。くぐもった、鈍い音だった。それにつづいて衝撃がきた。その衝撃が、ジョウを覚醒させた。

目をひらき、ジョウは腕で水をかいた。赤黒い鮮血が、視界を染めている。ジブジブの血だ。

何が起きたのかは、あとでわかった。アルフィンがクラッシュパックからバズーカ砲を取りだし、ジブジブを撃ったのだ。ジブジブは横腹を割《さ》かれ、絶命した。

ジョウは水面に飛びだした。その目に、バズーカを構えて流木の上に立つアルフィンの姿が映った。

「ジョウ！」

アルフィンがジョウを呼ぶ。あまり離れていない。わずか数メートル先だ。ジョウは流木まで泳ぎ、その幹を両腕でつかんだ。

「怪我《けが》はない？」

アルフィンがジョウの顔を覗《のぞ》きこむように見た。

「ああ」ジョウはうなずいた。

「まさか、アルフィンに助けられるとは思わなかった」

「ピザンの王女もね、ジョウ」アルフィンは微笑み、言った。

「好きでない人は助けないのよ」

2

ジョウが先に岸にあがった。そのあとに、アルフィンがつづいた。ジョウが手を把《と》り、アルフィンのからだを川の中から引きあげた。

ジョウの背後に、巨大なドームがある。その横に方形の細長い建造物が並んでいる。プラットホームと、その管理施設だ。

ジョウは体をめぐらした。プラットホームに目を向けた。

「ようやく着いた」

つぶやくように言う。

「様子がへん」アルフィンが言った。

「いつもとぜんぜん違う。どこにも人影がない」

「ピザンが変わったのさ。ガラモスは、ガラモスのやり方で国と民を動かしている」

「もう以前のピザンではなくなってしまったのね」

アルフィンは肩を落とした。

「人影がないのは、こっちに有利だ」ジョウはアルフィンからプラットホームに視線を戻した。

「俺たちはふたりきり。武器も乏しくなっている。派手なマネはできない」

ジョウはバズーカ砲とその砲弾を取りだし、クラッシュパックを捨てた。

「何をやるの？　あたしはどうすればいい？」

アルフィンは訊いた。

「配電システムの位置はわかるか？」

「ええ」

アルフィンはうなずいた。

「ドームの中に入る方法は？」

「密林観光用の車輛が通る出入口があるわ。いつもはシャッターが降りていて、通過するときだけひらくようになっている」

「オッケイだ」ジョウはにやりと笑った。

「それなら、まず配電システムに行く。そこにバズーカを二、三発撃ちこんでから、ドームの出入口にまわる。その扉もバズーカで破り、中に入る。あとは、まわりをアートフラッシュで適当に灼き、プラットホームに向かう。そんなところかな」

「あきれた」アルフィンはため息をついた。

「そういうのを派手って言うのよ」

ふたりは夜を待った。そのあいだに休憩をとり、計画の細部も詰めた。重要なのは、力場チューブが発生する時間だ。これは計算で割りだせる。アルフィンが担当した。複雑な数式を地面に描き、それを簡単に解いていくアルフィンを見て、ジョウは驚いた。

「航宙士《ナビゲータ》になれるぜ」

お世辞《せじ》ぬきで、そう言った。アルフィンは本気で喜んだ。

陽が落ちた。

また密林が深い闇に包まれた。

ジョウとアルフィンは、ドームに近づいた。ドームは、地上に築かれた三階建てのビルの上に載《の》せられている。ドームの直径は二百メートルくらいだろうか。プラットホームは、その三階建てのビルの屋上とつながっている。

「配電システムはビルの一階にあるわ」

アルフィンがビルの東南角を指差した。ビルの窓に明りが灯《とも》っている。昼間と同じで人の気配が感じられないが、誰かが駐留しているのはたしかである。そして、それはもちろん、観光客などではない。

ジョウとアルフィンはビルの東南角に移動した。観光車輌の出入口はビルの西側だ。少し離れている。しかし、作戦は変更しない。

ジョウはバズーカを構えた。配電システムのある場所を狙い、トリガーボタンを絞った。

甲高い音を響かせ、ロケット弾が飛んだ。二発つづけて発射した。

一発目が、壁を破った。二発目が、ビルの中に飛びこんだ。ロケット弾が、内部で爆発し、壁の裂け目から炎が噴きだした。

非常警報が鳴る。ビルのそこかしこでサーチライトがつく。まずい。配電システムはまだ死んでいない。生きている。

ジョウは三発目を撃った。その爆発と同時に、非常警報が熄《や》んだ。サーチライトも消えた。ドーム内のエネルギー供給が断たれた。

「いまだ！」

ふたりはドームの周囲を走った。めざすは観光車輛の出入口。距離は二百メートル弱。全力疾走で駆けぬけた。

出入口のシャッターが見えた。扉から地上に向かって長いランプが伸びている。ジョウは走りながらバズーカを構えた。

足を止め、トリガーボタンを押す。ロケット弾を発射。

シャッターが吹き飛んだ。金属プレートがめくれあがり、扉に大きな穴があいた。

ふたりはランプを駆け登った。穴をくぐり、建物の中に入った。中は真っ暗だった。しかし、ハンドライトはつけない。アルフィンが記憶を頼りに先導する。

通路にでた。階段を探す。すぐに見つかった。二階にあがった。

「誰だ？」

声が響いた。誰かがいる。ジョウはアートフラッシュをむしりとり、声の聞こえた方角に向かって、それを投げた。

炎が噴出する。と同時に、照明が灯った。天井の発光パネルが明るい光を放った。予備電力が供給された。非常警報も鳴りだした。これで奇襲は終わった。すぐに反撃がくる。

武装した兵士の一団があらわれた。通路の奥だった。銃を手にしている。ジョウはもうひとつアートフラッシュを投げた。通路が燃えあがり、兵士とジョウたちの間に炎の壁が生じた。

ふたりは階段を駆け登り、三階に向かった。

三階のフロアにでたとたん、銃声が反響《こだま》した。弾丸がジョウの耳もとをかすめた。

ジョウは横っ飛びに転がり、通路の床に伏せてバズーカ砲を撃った。爆発音が耳をつんざき、破片が四方に飛び散る。しかし、機銃掃射はおさまらない。断続的につづいている。

「アルフィン、ダッシュだ！」

ジョウは言い、もう一発、バズーカ砲を撃った。

きびすを返し、ふたりは通路を走る。いまの一発が効いたのか、銃撃が熄《や》んだ。

プラットホームにでるための扉が行手に見えた。ふたりは通路をジグザグに進む。扉までは、数十メートルしかない。

通路に横道があった。そこからいきなり数人の兵士が飛びだしてきた。

ジョウはバズーカ砲を発射した。兵士も機銃でジョウとアルフィンを撃った。

銃弾がジョウを直撃した。ジョウは壁に叩きつけられ、横向きに倒れた。

「ジョウ！」

アルフィンが駆け寄った。ジョウはすぐに身を起こした。アルフィンの手を借り、立ちあがる。

「大丈夫だ」ジョウは言った。

「クラッシュジャケットが弾丸《たま》を弾いた」

苦痛に顔を歪め、ジョウはアルフィンを見た。貫通は防げても、ショックは吸収されない。肋骨にひびが入った。呼吸をするのが、つらい。

ジョウとアルフィンは、再び走りだした。兵士たちはバズーカ砲で反撃能力を失した。誰も、もう撃ってこない。

アルフィンがプラットホームにつづく扉をあけた。ふたりはプラットホームに入った。

ジョウは扉が閉じるのを待ち、開閉装置をバズーカ砲で破壊した。これで、扉は二度とひらかない。

「力場チューブ発生まで、あと五分」

アルフィンが言った。プラットホームは、何もない平面の台だ。方形の建物の屋上である。隅にコンソールパネルがある。そこに数字が表示されている。いまは4：57。すぐに4：45になった。

甲高い音がした。ジョウは扉を見た。合金製の扉の表面が変色しはじめている。白熱しているらしい。兵士たちが扉を灼き切ろうとしているのだろう。

「こいつを頼む」ジョウはアルフィンにバズーカ砲を渡した。「構えていて、扉が破られたらぶっ放すんだ」

そう言うと、ジョウは扉の下に身をかがめた。ポケットから何かを取りだし、それを壁に貼りつけている。

「何をするの？」

アルフィンが訊いた。

「あとでわかる」

ジョウは数分で作業を終えた。コンソールパネルの数字が0：18になった。扉はまだ破られていない。

「プラットホームの端に行こう」ジョウはアルフィンからバズーカ砲を引き取り、あごをしゃくった。「一秒でも早く、力場チューブに飛びこむぞ」

プラットホームを横切った。ふたりは、端ぎりぎりの位置に場所を移した。

0：08。

ジョウは目を凝らし、ドームとプラットホームとを隔てている扉を見た。融《と》け崩れかけている。あと三十秒ともたない。

「だめ」アルフィンが言った。

「兵士たちがこっちにくる。きたら、力場チューブに入る。あたしたちを追ってくるわ」

「気にするな」ジョウはきっぱりと言った。

「そういうことにはならない」

0：00。

ふいに、ジョウのからだが浮いた。全身が軽くなり、ふわりと舞いあがるようにジョウの足がプラットホームから離れた。横に目をやると、アルフィンのからだも宙に浮いている。何も見えないが、力場チューブがきた。不可視のフィールドがふたりを包み、その身を空中高く一気に引きあげた。

上昇速度が増す。動いているのは、ジョウやアルフィンの肉体ではない。ふたりがいる〝場〟そのものが超高速で移動している。

ジョウは眼下に視線を向けた。プラットホームの一角が光った。扉のあった場所だ。炎が渦を巻いた。

時限爆弾である。ジョウが仕掛けた。力場チューブが発生する時間に合わせて、セットしてあった。これでもう、あとを追ってくる者はいない。

「作戦完了」

通信機をオンにして、ジョウがつぶやいた。

「クラッシャーってすごいわ」

アルフィンの声が、ジョウの通信機から流れた。

ゲル・ピザンが遠ざかっていく。

すさまじい離脱速度だ。〝場〟が動いているのでなければ、ジョウもアルフィンも、大気との摩擦熱や圧縮熱で、炎上してしまう。そういう速度だ。秒速で数百キロというオーダーである。

中央リングを通過した。〝場〟が百八十度、回転する。これで、到着地点に頭から突っこむという恐れはなくなった。よくできているシステムだ。ジョウは心底、感嘆した。

足もとに惑星が見える。ゲル・ピザンによく似た緑色の惑星だ。みるみる近づいてくる。その輪郭が大きくなる。

「あれは？」

ジョウが訊いた。

アルフィンの答が、すぐに返ってきた。

「ガル・ピザン。農業惑星よ」

3

プラットホームに降りた。

誰もいない。

ゲル・ピザンから通報が行っていて、兵士が銃を手にして待ちかまえているだろうと予想していたジョウは、少し拍子抜けした。長さ二百メートルの細長いプラットホームの上に立っているのは、ジョウとアルフィンのふたりきりである。

「このプラットホームは、使用されていないみたいだ」

ジョウは言った。バズーカ砲を肩にかつぎ、左右に目を配りながら、ゆっくりと歩きだす。

「惑星間の移動を制限したのかもしれないわ」ジョウの背後についたアルフィンが、つぶやくように言った。

「自由意志のなくなった国民が、あちこち動きまわるはずがないから」

「そうだな」

ジョウはうなずいた。うなずきつつも警戒は解かない。

「誰も隠れてなんかいないわよ」

アルフィンはジョウの態度をからかった。地上三十メートルの高さのプラットホームは、周囲に大きな建造物がひとつも存在していない。ゲル・ピザンのドーム施設は、猛獣対策のためにつくられた。ゲル・ピザン以外の惑星では、プラットホーム自体が管理施設を兼ねている。プラットホームのまわりにあるのは、どこまでもつづく緑の田畑と、農場関係の設備だけだ。

しかし。

そののどかすぎる光景が、ジョウの勘をひどく刺激していた。

あまりにも緊張感がない。

「とにかく、下に降りよう」ジョウはアルフィンに向かって言った。

「ここにいては埒《らち》が明かない」

ふたりは、プラットホームから地上へと移動した。エレベータは使わない。非常用に設けられている階段を下った。

一階のフロアにでた。ロビーになっていた。やはり、誰もいない。鉢植えの植物や、テーブル、椅子が整然と並んでいる。やけに目立っているのは、巨大な立体テレビだ。

ここにガラモスが送りだした邪悪な映像が映しだされる。

「どう思う？」

ジョウはアルフィンに訊いた。このロビーがいつもこうなのか否《いな》かが、ジョウにはわからない。

「単に使われていないだけって感じね」アルフィンは答えた。

「プラットホームが放棄されたのなら、ロビーも管理施設も放棄される。そういうことじゃないかしら」

そのとおりである。尋常に考えれば、なんの不思議もないことだ。

「外にでましょう」

アルフィンはジョウをうながした。ここでぐずぐずはしていられない。ふたりの目的地はアル・ピザンだ。そのためには、べつのプラットホームに行く必要がある。

ふたりはロビーを抜け、玄関から表にでようとした。そのときだった。玄関のシャッターが閉まった。いきなり降りてきて、ジョウとアルフィンの行手をふさいだ。

と同時に。

ロビーの壁が割れた。左右の壁だ。一部が横にスライドし、大きくひらいた。

男がでてきた。壁一面から、ふたりずつ。総勢で四人の男が出現した。四人とも大型の銃を持ち、構えている。

ジョウとアルフィンは包囲された。銃口が、ふたりに向かって突きつけられた。

「武器を捨てろ」

声が響いた。

ジョウはバズーカ砲を足もとに投げた。やはり、待ち伏せられていた。しかし、こんなところにひそんでいるとは思わなかった。うかつである。

「何ものか知らんが、監視されていたのに気がつかなかったようだな」

男のひとりが言った。ジョウとアルフィンの顔を睨《ね》めるように見ている。ジョウはアルフィンを横目で見た。いちばん気懸りなのは、アルフィンの正体を知られることだ。が、これなら大丈夫だ。ジョウは安堵《あんど》した。ゲル・ピザンでの冒険のおかげで、アルフィンは顔も髪もクラッシュジャケットも泥にまみれた。乾いた泥がそこらじゅうにこびりつき、ピザンの王女の面影はどこにもない。

四人の男がジョウとアルフィンの背後にまわった。銃身で背中を押す。

「歩け」

命令された。

「はいはい」

ジョウは両手を挙げた。そして、足を前に一歩踏みだした。右手の指が、クラッシュジャケットの表面を撫でた。肩口に持ちあげられた腕の手首が、跳ねるように動いた。

アートフラッシュが後方に飛んだ。

炎があがる。爆発的に燃え広がる。

「こっちだ」

ジョウはアルフィンの腰に手をまわし、床に向かって身を投げた。一回転して、バズーカを拾い、起きあがる。

「走れ！」

バズーカを撃った。シャッターが吹き飛んだ。その残骸の中を、ジョウとアルフィンがダッシュする。

外にでた。玄関の正面が駐車スペースになっていた。エアカーが五、六台、無人状態で並んでいる。ジョウがそのうちの一台の前に駆け寄った。グリーンのバンだ。農作業用の車輛らしい。

ドアをあけた。ロックされていない。あっさりとひらいた。

「乗るんだ。アルフィン」

ジョウは操縦席に飛びこんだ。アルフィンも助手席に入った。

エンジンをスタートさせる。エアカーがふわりと浮きあがった。高度は十五センチ。エアカーの法定高度である。

発進した。いきなりのエンジン全開である。窓外の風景がすさまじい勢いで流れはじめた。

ハイウェイにでた。速度は四百キロをオーバーした。このバンでは、これ以上のスピードがだせない。

「追ってくるわ」

アルフィンがコンソールの後方視界スクリーンを指差した。中央に小さくエアカーが映っている。全部で五台だ。

「警察の高速エアカーよ」

追跡車輛は速かった。彼我《ひが》の距離がみるみる詰まる。スクリーンの映像も、あっという間に大きくなった。

「ちっ」

ジョウは舌打ちした。ジャンクションがあった。ジョウは右の車線にエアカーを移す。分岐路に進入した。四百キロでもオーバースピードになる急コーナーだ。

追跡車が、いきなり減った。高速度で追ってきたパトカーのうちの二台が分岐路に入れなかった。一台はむりやり入りこもうとしてスピンした。残る二台が減速に成功し、追跡を続行している。

再び、道路が直線になった。先行車があらわれた。ありふれたセダンだ。一般車輛である。しかし、挙動がおかしい。わざとジョウのエアカーの針路をふさぐように走っている。

「無線で指示されている」うなるようにジョウが言った。

「ここにいるエアカーのすべてが、俺たちの敵だ」

ジョウはエアカーを巧みに操った。先行車の隙間をぎりぎりのところですりぬけていく。そのたびに、アルフィンが悲鳴をあげる。驚異的な操縦テクニックだ。パトカーにはマネができない。しかし、セダンはパトカーに道を譲る。ジョウがどれほど無理を重ねても、距離はひらかない。逆に少しずつ縮まりだした。さらに、先行車が攻撃的な動きをとるようになった。

幅寄せしてくる。急制動をかける。

鈍いショックが、エアカーの車体を揺すぶった。横に並んだエアカーが接触した。ジョウは姿勢制御ノズルでスピンを防ぐ。その上で逆方向に逃げようとする。

横の車輛が追ってきた。あくまでもぶつける気だ。ドライバーはこの速度で激突することを意に介していない。

ジョウは加速し、前にでようとした。その眼前に、先行車が迫った。エアブレーキがひらいている。非常時用の急制動だ。

必死でレバーを操り、ジョウは前と横の二台のエアカーを同時にかわそうとした。しかし、それは不可能だった。

横のエアカーにボディ後尾をひっかけられた。

エアカーが回転する。横にくるりとまわる。

ノーズが先行車に当たった。つづいて、うしろからべつのエアカーが突っこんできた。これも、かわせない。

弾き飛ばされた。ジョウの手がめまぐるしく動いた。ノズルからジェット噴射。エアブレーキでスピンを止める。そして、強引に加速。

抜けだした。セダンの包囲網の外にでた。標的を失ったセダン同士が派手にぶつかった。炎があがり、車体が宙に舞う。それを尻目に、ジョウはエアカーを走らせる。

「だめっ!」

アルフィンが叫んだ。目を大きくひらき、正面を見つめている。

車線が断たれていた。大型のエアカーが三台、横一列に並んで、すべての車線を完全にふさいでいる。バンが通りぬけられるような広い隙間は、どこにもない。

「シートにしがみついて、目をつぶれ」

ジョウは言った。速度をあげた。止まる気はない。なんとしてでも突破する。

右手に進んだ。大型エアカーとの距離が、見る間に詰まった。向かって右端のエアカーのさらに右側だ。そこをジョウは狙った。

正面衝突する。このままだと、大型エアカーのノーズにまっすぐ突っこんでしまう。

その刹那。ジョウはいくつかのノズルを噴射させた。エアカーの車体、左側が大きく浮きあがった。エアカーが横倒しになる。右側面を下にして、ボディが垂直に立った。

四輪車でいう片輪走行だが、エアカーに車輪はない。姿勢制御ノズルだけで車体を支えている。

エアカーが大型エアカーの車体側面を走った。百三十センチの空間を、ジョウとアルフィンの乗ったエアカーが、火花を散らしてすりぬけていく。

大型エアカーが動いた。ジョウの作戦に反応し、車体を横に振った。

ジョウのエアカーは足場を失った。バランスが崩れる。車体の傾きが大きくなる。

大型エアカーから離れた。車体のバリケードを通過した。しかし、失ったバランスを回復できない。

ひっくり返った。叩きつけられるように、ジョウの乗ったエアカーは屋根のほうから路面へと落ちた。

滑走する。車体がつぶれる。

シートが変形して膨《ふく》れあがった。衝撃に反応してシートが発泡化したのだ。膨脹したシートは自動的に搭乗者を包み、そのからだを保護する。

エアカーの滑走が止まった。ジョウとアルフィンは身動きがかなわない。発泡化したシートに全身を包みこまれている。無傷で打撲すら負っていないから脱出しようともがくが、このエアカーに装備されている安全装置は強力だ。這《は》いでることすら不可能である。

パトカーがきた。四台がジョウのエアカーを囲んだ。銃を手にした男たちが、車外にでてきた。その様子をフロントウィンドウごしに見て、ジョウは歯噛《はが》みをする。だが、どうしようもない。腕一本すら動かすことができないのだ。

男たちが銃口をエアカーに向けた。

「殺せ」

その中のひとりが鋭く言った。

「待て！」

一台のセダンがパトカーに並んで停まった。そこから、ひとりの老人が飛びだした。老人はジョウのエアカーに駆け寄り、身をかがめて車内を覗きこんだ。助手席をとくにじっくりと眺めた。

立ちあがった。

他の男たちを見まわし、老人は口をひらいた。

「撃ってはいかん。このエアカーに乗っているのは、アルフィン様だ」

かすれた声で、言った。

4

ベッドに倒れこみ、目が覚めると十四時間が過ぎていた。

起きてしばらくは、ジョウは自分がどこにいるのかを認識することができなかった。

ややあって、少しずつ思いだした。ハイウェイで追いつめられ、エアカーがひっくり返った。射殺されようとしたとき、ひとりの老人があらわれ、命を救ってくれた。老人はベリアムと名乗った。われわれは精神コントロールを免れている。そう言った。そして、ジョウとアルフィンをつぶれたエアカーから引きずりだし、べつのエアカーに乗せた。

ふたりが連れてこられたのは、広い農場の一角にある小さな家だった。

ジョウはベッドから降りて、床の上に立った。クラッシュジャケットを脱がされている。下着ひとつの裸だ。

バスルームがあった。ジョウは勝手に入り、冷たいシャワーを浴びた。頭の中がすっきりとした。乾燥機でからだを乾かし、バスルームからでた。部屋の隅に目をやる。そこに、コンソールデスクがあった。デスクの端にクラッシュジャケットが置かれている。起きたときは、ぜんぜん気がつかなかった。ジャケットにはクリーニングが施されていて、泥や煤《すす》の痕跡はどこにもない。

クラッシュジャケットを着た。着終えた直後に、ドアがノックされた。返事をすると、ひらいた。若い男が顔を見せた。

「シャワーを使う音が聞こえたんでね」男は言った。

「こっちにきてもらえるかい？」

「ああ」

ジョウはうなずいた。

男に先導され、べつの部屋に移動した。案内されたのは、ダイニングルームだった。大きなテーブルがあり、椅子がずらりと並んでいる。椅子のひとつにアルフィンがすわっていた。赤いクラッシュジャケット姿だ。彼女のジャケットもクリーニングされている。

「お目覚めですな」

アルフィンの横にベリアムがいた。ジョウを見て、微笑を浮かべた。席を勧《すす》められ、ジョウはアルフィンの向かいの椅子に腰をおろした。

食事が運ばれてくる。パンとスープの簡素な食事だ。ジョウはスープを飲み、パンを齧《かじ》った。うまい。空腹だけでなく、心までもが満たされてしまうようなうまさだ。

「あなたのとられた英雄的行動について、アルフィン様から詳しくうかがいました」ジョウの食事が進むのを待ってから、ベリアムは口をひらいた。

「あなたとあなたのお仲間には感謝以外の言葉がありません」

「…………」

ジョウは、ベリアムの顔を見た。七十代くらいだろうか。かなりの高齢だ。頭が禿《は》げあがり、口ひげが白い。額や頬のしわが深く、声はひどくしわがれている。しかし、肉体はいかにも頑健そうだ。よく鍛えられていて、肩幅が広い。胸も厚い。もしかしたら、退役軍人かもしれない。

「ガラモスの恐ろしい陰謀で操り人形にされたピザンの国民の中に、わたしたちのようなものがいるのを不思議に思われていることでしょう」ベリアムは言葉をつづけた。「理由は簡単です。ガル・ピザンでは立体テレビがほとんど普及していなかったからです。農業惑星のガル・ピザンでは住民はみな屋外で働き、生活をしています。家は、いわば寝るだけの場所。いくらガラモスが無償提供しても、立体テレビを自宅に置こうという者は皆無と言っていい状況でした。しかし、それでも、催眠電波の影響は小さくなかったのです。プラットホームのロビーなど公共施設に設置された立体テレビや、ごく少数の家庭に配布された受信機が中継地点となり、ガル・ピザン在住者の多くが催眠状態に陥りました。が、幸いだったのは、それが直接的な影響ではなかったということです。そのため、何人かの暗示にかかりにくい体質を有した者たちが、ガラモスの魔手から逃れ、自我を保つことができました」

「それは何人くらいですか？」

アルフィンが訊いた。口調が、王女のそれに戻っている。

「いま現在で、五十三名です」ベリアムは答えた。

「忌《い》まわしい反乱の翌日、わたしは仲間を集め、ピザン解放軍を結成しました。宇宙軍の退役将校だったということで、わたしが司令官をつとめています。しかし、それは名目だけの役職です。実質的には、こちらにいるノーランが解放軍の指揮をとっています」

ベリアムは自分のうしろに立っている若い男を指し示した。プラットホームの壁からあらわれ、ジョウとアルフィンに銃を突きつけた男たちのひとりだった。背が高く、精悍な表情をしている。濃い褐色の肌色は、陽焼《ひや》けによるものだ。

「ノーランです」男は頭を下げた。

「プラットホームでは失礼しました。われわれのことを探りにきたスパイかと思ったのです」

「今回のことは、不幸な行き違いによるものです」アルフィンが言った。

「あたくしたちにわだかまりはありません。お気にされないようお願いいたします」

「はっ」

ノーランは背すじをまっすぐに伸ばした。顔に安堵《あんど》の色が浮かんだ。過ちとはいえ、ピザンの王女を手にかけようとしたのである。自責の念は強い。

「ありがとうございます」ベリアムが言った。

「われわれは、いまひじょうにナーバスになっています。解放軍を結成したものの、その人数はわずかに五十三人。まわりじゅうは、すべてが敵です。具体的な活動は何もできません。その状況の中で、致命的な問題が生じました。われわれが催眠状態にないことがガラモス側に知られてしまったのです」

「どうして？」

「ガラモスが住民を呼び集めたからです。催眠状態なら、必ず呼びだしに応じます。集まらない者は、催眠にかかっていない。そう判断されます」

「呼びだされた人びとはどうなった？」

ジョウが訊いた。

「わかりません」ベリアムは首を横に振った。

「すでに住民のあらかたがどこかに消えてしまいました。ガラモスは、何かをしようと企んでいます。が、それが何であるのかが、まだわかっていません」

「たくさんの人間を必要とすることはひとつしかない」ジョウは言った。

「戦争だ」

「戦争？　そんなもの、どことやるんです」

ノーランが訊いた。

「ピザンにいちばん近い太陽系国家はどこだ？」

「ガルロアよ」ジョウの問いに、アルフィンが答えた。

「ピザンからは十六光年しか離れていないわ。おとなりの太陽系国家として、友好的に付き合ってきた国です。経済交流も盛んにおこなわれていて、対宇宙海賊に関する軍事協定も結んでいます」

「じゃあ、最初の相手はそこになる。ガルロアを相手に、戦争を仕掛ける」

「信じられない」

ベリアムの表情がこわばった。

「あなたは、そもそも何ものなんですか？　ジョウ」ノーランが口をはさんだ。

「偶然、ピザンを脱出されたアルフィン王女と出会われ、ここまで連れてきていただいたという話ですが、わたしには、そのいきさつがどうにも解《げ》せない。エアカーの操縦技術も尋常ではなかったし、ただの宇宙船パイロットとはとても思えません」

「俺のこと、何も聞いていないのか？」

「ええ」

ノーランはあごを引いた。ジョウはアルフィンを見た。アルフィンはあわてて目をそらした。

「俺はクラッシャーだ」ジョウはノーランに向き直り、言った。

「アルフィンは俺を雇った。だから、俺はアルフィンの依頼どおりに動く。それが、俺の仕事だ」

「クラッシャー!」

いあわす人びとの間に、驚きの声があがった。

「あんたはクラッシャーなのか」

ノーランの口調が変わった。

「アルフィン様が、なぜクラッシャーなどに……」

ひそひそ声が聞こえる。部屋の隅で控えている男たちのやりとりだ。

「お黙りなさい」

アルフィンが立ちあがった。声が凜《りん》と響いた。

「クラッシャーを侮辱してはなりません」アルフィンは言う。

「あたくしも誤解していました。クラッシャーはならず者や犯罪者ではありません。宇宙のエキスパートです。あたくしはジョウと行動をともにして、クラッシャーが勇敢ですぐれた戦士であることを、この目、このからだで知りました。あたくしは、かれとかれの仲間こそが、ピザンの危機を救ってくださるものと信じております。だから、かれらを雇い、ピザンの未来をその手に委《ゆだ》ねたのです」

「ですが」

「あたくしはピザンの王女です」反論しようとするノーランに、アルフィンはぴしゃりと言葉をかぶせた。

「あたくしの決断は、ピザンの決断となります。その覚悟を持って、あたくしは行動しています」

「…………」

全員がおし黙った。口を閉ざし、目を伏せた。

ややあって。

「アルフィン様の言われるとおりだ」低い声で、ベリアムが言った。

「わたしはアルフィン様のお心に従う。ジョウの活躍に嘘はない。それがあったからこそ、いまアルフィン様がわれわれの前におられる。また、ジョウの鋭い洞察力も、いま目のあたりにした。間違っていたのはわたしたちだ。わたしたちがクラッシャーを誤解していた。心底、わたしはそう思う」

「そうですね」ノーランもおもてをあげた。

「自分も、そんな気がしてきました。かれは、われわれが思い描いてきたクラッシャーとはまるで異なっている。会ったこともないのに、風評だけで、われわれは勝手にクラッシャーのことをならず者だと決めつけてきたんだ。考えてみれば、こんな失礼なことはない」

あらためて、ノーランはジョウに視線を向けた。

「すまない、ジョウ。俺たちは短慮だった。謝罪する」

「わかってもらえれば、それでいい」ジョウは応えた。「国を思い、仲間の身を真剣に案じているあんたたちだ。訓練を受けたら、いいクラッシャーになれるぜ」

「それは……ちょっと考えさせてもらおう」

ノーランは表情を崩し、肩をすくめた。

空気がやわらいだ。

緊張がほぐれ、人びとの顔に笑顔が戻った。

5

「今後の方針を伝えます」

しばしの間を置いてから、アルフィンが言った。

一同が、アルフィンを見た。

「あたくしとジョウはアル・ピザンに行きます」

「アル・ピザンに！」

ベリアムの白い眉がぴくりと跳ねた。

「やらねばならぬことの第一は、あの恐ろしい催眠電波を止めることです」アルフィンは言を継いだ。

「あたくしはジョウと一緒にアル・ピザンの電波送信所に行き、それを破壊します。それにより、ピザンの民をガラモスの呪縛《じゅばく》から解き放つのです」

「わたしも行きます」

ノーランが言った。その背後で「俺もだ」という声がいくつもつづいた。

「あなたがたには、お願いしたい任務があります」

アルフィンはかぶりを振り、ノーランに視線を移した。

「任務？」

「プラットホームの占拠です。あたくしたちがアル・ピザンに行けるように、プラットホームを一時的に確保していただきたいのです」

「…………」

ノーランは即答しなかった。アル・ピザンにつながる力場チューブのプラットホームは、放棄されていない。ガラモスの傀儡《かいらい》となった警備隊が常駐し、防備を固めている。戦力としてはたいしたことはないが、それでも、火力、人員ともにピザン解放軍のそれを上回っている。解放軍の貧弱な装備では、奇襲に成功したとしても、十分ほどの混乱をもたらすくらいが限界だろう。長時間の占拠は、とてもできない。

しかし、ノーランは、ジョウがこれまでにやってきたことを思いだした。かれは、それをひとりでおこなった。ノーランには、少なくとも数十人の仲間がいる。

「わかりました」長い沈黙の後に、ノーランはうなずいた。

「必ず、その任務を果たしてみせます」

「やりますよ」

「まかせてください」

数人の男たちがノーランの背後で拳を握り、叫んだ。

「占拠する時間だが」ジョウが言った。

「力場チューブの発生時刻さえ厳密にわかっているのなら、五分程度でいい。力場チューブに入る瞬間だけ、俺とアルフィンは完全に無防備になる。それ以外の時間は、自分の手で自分自身を守る。もちろん、アルフィンにも指一本触れさせない。俺がカバーする」

「全力を尽くします」

ノーランは口もとを引き締めた。

「では、二時間後に作戦の詳細を聞かせていただきます」アルフィンが言った。

「そのあいだに、あたくしはアル・ピザンに関して、知る限りの情報をジョウに教えることにします」

「わたしもお手伝いしましょう」

ベリアムが言った。

「お願いします」

アルフィンは頭を下げた。

あわただしくなった。この場はいったん解散し、それぞれがべつの部屋で協議をおこなうことになった。椅子についていた者も、全員が席を立った。

アルフィンがジョウの横に進んだ。ジョウはアルフィンの耳もとに唇を寄せ、そっと囁《ささや》いた。

「みごとな王女さまだったぜ。感心した」

「ありがとうございます」

アルフィンはにっこりと微笑んだ。そして、言葉をつづけた。

「あたくしも、いいクラッシャーになれそうでしょうか?」

「う」

ジョウは絶句した。予想だにしなかった質問である。

頭を掻《か》き、ひとしきりうなってから、ジョウは言った。

「まあな」

それ以外に答える言葉がなかった。

闇が濃い。夜空のほとんどが厚い雲に覆われている。「まもなく雨が降る」とベリアムは言った。ガル・ピザンの天候はコンピュータで完全に制御されている。そうでなければ農業惑星は運営できない。ほとんどの場合、雨は夜に降る。そのようにプログラムされている。しかし、決行時にはまだ降りはじめていない。そういうタイミングをノーランは選んだ。

ノーランが立案した作戦は、予想以上にうまく組みあげられていた。反乱が起きるまでプラットホームの技師だった者がふたりと、警備員だった者がひとり、解放軍にいた。かれらの知識が、この作戦を完成させた。

「ガル・ピザンのプラットホームは二階建て構造になっています」と、ノーランはジョウとアルフィンに説明した。

「この前、ご覧《らん》になったとおりです。一階は利用者のためのロビーとカウンター。二階は管理システム。力場チューブの利用者は、一階のロビーから直接、屋上のプラットホームへと移動します」

スクリーンにプラットホームの内部構造図が映しだされた。

「カウンターの横にドアがあります。この奥に、二階の管理システムに行くエレベータが置かれています。カウンターの向かい側にあるドアは、警備員の詰所です。わたしたちはこれを改造して、あなたがたを待ち伏せしました。今回、標的になっているプラットホームには、そんな仕掛けはつくられていません」

「詰所に入っている警備員は何人だ？」

　ジョウが訊いた。

「通常は五、六人です。詰所の壁はスクリーンで埋め尽くされていて、警備員はそれを見ながらプラットホームの内外を監視しています」

「反乱以前から、そうなのか？」

「ピザンにも犯罪者はいます。かれらの逃亡を防がねばなりません」

「便利な移動システムがかえって仇《あだ》になるということだな」

「先をつづけます」ノーランはスクリーンの映像を切り換えた。

「最初のターゲットは、警備員の詰所です。ここを外から破壊します。ビルの外壁ごと吹き飛ばしてしまいます。と同時に、一隊が正面からビル内に飛びこみ、二階にあがって管理システムを押さえます。そのあいだに、ジョウとアルフィン様がエレベータでプラットホームに向かう。そういう段取りです。順調に行けば、詰所の爆破から百八十秒以内で、おふたりがプラットホームに到達可能ということになります」

「作戦のポイントは、外壁ごとの詰所爆破ってことか」

「手持ちの火薬をすべて投入します」

「問題は事後だ」ジョウは腕を組んだ。

「襲撃隊が撤退《てったい》するまでに、詰所以外の場所にいる警備員が一階フロアへくる確率を知りたい」

「八十パーセント以上です」ノーランはさらりと言った。

「警備員はプラットホームの外にもいます。もちろん、二階の管理システムにも配備されています。騒ぎが起きれば、かれらも動く。これは明らかです」

「それをかわせるのか？」

「わかりません」にやりと、ノーランは笑った。

「しかし、それはわたしたちの問題です。ジョウやアルフィン様が懸念されることではありません。われわれが考えたのは、おふたりを無傷でアル・ピザンに送ること。ただそれだけです」

「ノーラン」

　アルフィンの表情が曇った。

「ところで……」ジョウが話題を変えた。

「ほしい機材があるんだが、入手してもらえないだろうか」

「なんです？」

「ハンドジェットだ。力場チューブに乗ってからの作戦は俺たちで立て、実行しなくてはいけない。そのために要《い》る」

ジョウはやろうとしていることを簡単に話した。それを聞いて、ノーランの顔色が変わった。

「本気ですか？」

「当然だ」

「ったく、クラッシャーってやつは――」

ノーランは言葉を失った。

「時間よ」

闇の底で、アルフィンが囁いた。

その直後だった。

爆発音が轟いた。プラットホームの一階からだった。攻撃がはじまった。警備員の詰所が吹き飛ばされた。

ジョウとアルフィンは立ちあがった。ふたりともハンドジェットを背負い、機銃を手にしている。腰だめに銃を構え、走りだした。銃撃音が響く。小さな爆発音がそれにつづく。

けたたましい音がふたりの耳朶を打った。横や背後からではない、音は頭上から降ってくる。

ヘリコプターのエンジン音。

手首の通信機から声が飛びだした。

「やられた。プラットホームに網を張られていた。武装ヘリが出動している。われわれが牽制《けんせい》して引きつけておく。すぐにプラットホームに向かってくれ」

ノーランの声だった。絶叫している。悲鳴に近い。

ジョウとアルフィンは、プラットホームのビルに突入した。

何も見ない。何も気にしない。ただひたすらに足を運ぶ。一心不乱にプラットホームをめざす。

エレベータに乗った。

プラットホームにでた。

いきなり明るくなった。ヘリコプターが探照灯で地上を照らしだしている。その丸い光の輪がプラットホームの上を横切った。銃撃音と爆発音が断続的に響く。その上にジェットエンジンの音が重なる。

ジョウは時間をチェックした。ぎりぎりのタイミングで動いた。あと数秒で力場が発生する。

アルフィンの手を引き、ジョウはプラットホームに躍りでた。

走る。必死で走る。ヘリがきた。探照灯の光がふたりを追う。一秒が長い。信じられないほど時間が経つのが遅い。

風がプラットホームの上を吹きぬけた。ヘリコプターのローターが引き起こす強風だ。ジョウとアルフィンはその風にあおられた。一瞬だが、足が止まった。光の輪の中に、ふたりのシルエットが黒く浮かびあがった。

そのとき。

力場が発生した。

ヘリが爆発する。力場チューブに触れたのだ。不可視の壁に激突し、ヘリは火球に包まれた。微塵《みじん》に砕け、四方に散った。

ジョウとアルフィンのからだが上昇する。プラットホームから離れ、宙に舞いあがる。

ジョウは地上を見た。ビルの脇を走る男の姿を捉えた。男はレーザー光線に胸部を貫かれ、仰向けに倒れた。その顔を、ジョウははっきりと目にした。

ノーランだった。

6

中央リングを過ぎた。あとを追ってくる者はいない。正面には青く輝くアル・ピザンがある。

ジョウは体をめぐらし、頭上に向かって、機銃を構えた。機銃の銃身に、小型のミサイルランチャーが装着されている。このためにセットしておいたランチャーだ。連続して六基のペンシルミサイルを発射できる。

照準を合わせた。問題はミサイルが〝場〟から離脱できるかどうかだ。理論上は可能である。離脱するのに十分な初速を、このミサイルは備えている。

ランチャーの発射ボタンに指を置いた。

「十秒前」

アルフィンが言った。計算し、発射タイミングを設定した。これが狂うと、ジョウとアルフィンは、真空の宇宙空間に投げだされてしまう。

「……三、二、一、ファイヤ！」

ジョウはボタンを押した。たてつづけに六回。一気に押した。

くぐもった発射音が響いた。ランチャーからミサイルが飛びだした。六基が縦一列に並ぶ。

動かない。ミサイルが前進しない。ジョウの眼前にぴたりと浮かび、静止している。

いや。そうではない。たしかに前に進んでいる。じりじりと、ミサイルはランチャーの射出口から離れていく。

しばらく〝場〟と噴射力の拮抗《きっこう》がつづいた。

数秒後。ミサイルのパワーが〝場〟の圧力を抑えた。

とつぜん、ミサイルが加速した。赤い炎がジョウの視界を覆った。

と思ったつぎの瞬間。

六基のミサイルが消えた。〝場〟を破り、目標めがけて飛び去った。

目標は力場チューブの中央リングだ。計算どおりなら五分後に到達し、ミサイルはシステムの一部を破壊する。

アル・ピザンの地表が迫った。高度はおよそ三千メートル。完全に大気圏内に入った。山が見える。海が見える。雲の中にジョウとアルフィンが突っこんでいく。

風を感じた。いきなり、ごおと風がうなった。

〝場〟が消滅する。ジョウは外に投げだされるようなショックをおぼえた。力場チューブが失せて、ジョウとアルフィンは空中に飛びだした。

破壊したのだ。ペンシルミサイルが、中央リングのシステムを。

落ちる。千五百メートルほど自由落下する。高度が千メートルを切った。

ジョウとアルフィンは、ほとんど同時に背中のハンドジェットをオンにした。ノズルから炎が噴きだした。落下速度が急激に低下する。

姿勢をととのえた。滑空するように、ふたりはハンドジェットを操った。

「うまいじゃないか」

無線機で、ジョウはアルフィンに声をかけた。

「ジェット・ダイビングは得意なのよ」

アルフィンは言った。

遊弋《ゆうよく》しつつ、ふたりは送信所の施設を探した。アルフィンが、それを見つけた。首都ピザンターナから西に三十キロ。深い森の奥に送信所はある。そのことをアルフィンは知っていた。

腕を振ってジョウに合図を送り、アルフィンは降下態勢に入った。ジョウもそれに倣《なら》った。

森が近づく。眼下が濃緑色に染まる。

アルフィンは森の梢《こずえ》ぎりぎりまで高度を下げ、水平飛行に移った。そのまま数分、飛行し、森の中へもぐるように入った。

着地する。木々の間の、小さな空地を選んだ。空地といっても、直径は十メートルもない。その中央に、アルフィンはふわりと降り立った。

ジョウもきた。横に並んだ。足が腐植土を踏んだ直後に、ジョウはハンドジェットの噴射を切った。メーターに目をやると、燃料がほとんど空になっている。

ショルダーベルトとウエストベルトを外し、ふたりはハンドジェットを背中から降ろした。そのまま地面に捨てた。からだが軽くなった。

「楽勝だったわ」

アルフィンが言った。

「俺は、大気圏に入る前にミサイルが中央リングに命中するんじゃないかと、少し心配していた」

「あら、クラッシャーって案外、臆病なのね」

「慎重と言ってくれ」

「はいはい。そうしておきます」

アルフィンはにっこりと笑った。

「送信所はどっちだ？」

ジョウは話題を変え、訊いた。

「あっちよ」アルフィンは森の北側を指差した。「森を抜けたら、すぐに見えてくるはず」

声から抑揚が消えた。微笑みも、瞬時に失せた。口調に怒気が含まれている。送信所のことを考えただけで、怒りがこみあげてくる。そういう感じだ。

「行こう」

ジョウは言った。

機銃をアルフィンのそれと取り替えた。アルフィンの機銃にもミサイルランチャーが装着されている。そちらのランチャーはまだミサイルを発射していない。フル装塡されている。アルフィンは受け取った機銃から、空になったランチャーを外した。これだけで、機銃の重さが半分になる。

ペンシルミサイルが六基、機銃が二挺、そして手榴弾がひとり五発ずつ。これがふたりの持つ火力のすべてだ。ピザン解放軍が集めてくれた、なけなしの武器である。これだけで、ジョウとアルフィンはガラモスの送信所を粉砕しなくてはならない。

ふたりは森の中を進んだ。ゲル・ピザンの森とは異なり、ここには危険な猛獣が一匹もいない。しかし、そのかわりに、もっと恐ろしい敵が出現する。

送信所の警備兵だ。

歩きだして数分で、ジョウとアルフィンは警備兵の一群に遭遇した。

先に気がついたのは、ジョウだった。ジョウはアルフィンを制し、森の巨木の蔭に身を沈めた。アルフィンが機銃を構える。それをジョウはおしとどめた。

「撃つな」囁くように、ジョウは言った。

「やりすごす。送信所に着くまでは、絶対に交戦しない。ここで目立ったら、おしまいだ」

警備兵がいなくなるのを待った。いなくなってから、前進を再開した。しかし、またすぐに兵士に出会う。それを回避する。進む。出会う。きりがない。

送信所が近づいた。森が終わろうとしている。

そこまできて、ジョウとアルフィンは身動きがとれなくなった。

警備兵が多すぎる。大仰《おおぎょう》に言えば、そこらじゅうが警備兵で埋まっている状態だ。いわゆるアリの這いでる隙間もないという警戒網である。

「まいったな」ジョウはうなった。

「すさまじい警戒態勢だ」

「当然でしょ」アルフィンが言った。

「ここをやられたら、ガラモスは破滅する。絶対に破られないようにしているわ」

木の間ごしに、送信所のタワーが見えた。施設の屋上に聳《そび》え立つ、高さ四百四十五メートルの巨大タワーだ。

どうやって、あそこに接近するか。

いい方法が思い浮かばない。

「誰かくる」

アルフィンが言った。警備兵だ。定期的に森の中を巡回している。一か所に留まっていたら、間違いなく発見される。しかし、ただ逃げまわるだけというのはしゃくである。

「動きまわって、送信所の周囲を探ろう」ジョウは言った。

「ひとまわりすれば、何か突破口が見つかるかもしれない」

「そうね」

アルフィンも同意した。ここまできてすぐに手を打てないのは少しつらいが、作戦は確実なものでなくてはいけない。

巨木から巨木へと森の木々の蔭をたどって、ふたりは移動を開始した。敵の気配をうかがいながらの行動である。百メートル進むのに十分以上をかけた。

二時間が過ぎた。

ふいに森が途切れた。整地された広場に、ふたりはでた。

施設がある。飛行機が三機、並んでいる。施設は格納庫と管制塔だった。

「ヘリポートだな」

ジョウが言った。

「宇宙軍の垂直離着陸機《VTOL》よ」

アルフィンは飛行機の機種を確認した。武装した攻撃機だ。兵士がそこかしこに立っている。

「こいつを使おう」

ジョウはあごをしゃくった。

「使うって、奪うの？」

「いや」ジョウはかぶりを振った。

「借りるだけさ」

そう言うなり、ジョウはミサイルを二基、管制塔に撃ちこんだ。管制塔は爆発し、炎があがった。

騒然となった。奇襲だ。前ぶれがいっさいない。警備兵は動顚《どうてん》した。浮き足立ち、右往左往しはじめた。洗脳が災いしている。ガラモスの操り人形なので、命令がないと何もできない。

「ダッシュ！」

ジョウが叫んだ。ふたりは手前のＶＴＯＬをめざし、走りだした。混乱している警備兵は、その動きに気がつかない。

ＶＴＯＬに着いた。そこではじめて警備兵に至近距離ででくわした。ジョウは機銃を乱射してかれらを牽制《けんせい》した。

アルフィンがＶＴＯＬに飛び乗る。ジョウも、そのあとにつづく。

コクピットに入った。ジョウが主操縦席にすわり、エンジンに点火した。アルフィンは副操縦席につき、バルカン砲を操作する。銃座を回転させ、トリガーボタンを押した。

異常に気づいた警備兵がＶＴＯＬに向かって突撃してきた。かれらをアルフィンはバルカン砲で蹴散らした。

ＶＴＯＬが上昇する。一気に高度をあげる。アルフィンは地上に残った二機をバルカン砲で撃った。エンジンを撃ちぬき、飛行不可能にした。これで、敵は航空戦力を失った。

ＶＴＯＬが旋回する。送信所に機首を向ける。

「空からやるの？」

アルフィンが訊いた。

「違う」ジョウは答えた。

「こいつの装備じゃ、送信所は傷つかない」

「じゃあ、どうする気？」

「突っこむのさ」ジョウはにやりと笑った。

「こいつで送信所の中に」

タワーが眼前に迫ってきた。

「撃ちまくれ！」アルフィンに向かい、ジョウが叫んだ。

「なんでもいいから、ありったけの武器を使って、送信所の屋上を撃て。徹底的に破壊しろ」

送信所はすごい勢いで近づいてくる。タワーの脇をかすめるようにして、ＶＴＯＬは降下をつづけている。

アルフィンは言われたとおりにした。操作法は、コンソールのスクリーンに表示される。それに従って、適当に照準を定め、適当にトリガーボタンを押す。バルカン砲なのか、ミサイルなのか、まったくわからない。しかし、発射する。

爆発した。送信所の壁が砕けた。崩落し、壁に穴が穿《うが》たれる。その穴が大きく広がっていく。

送信所のビルが目の前にきた。速度は落とすが、ジョウは針路を変えない。そのままVTOLを直進させる。「突っこむのさ」といった言葉に嘘はない。

VTOLが壁の穴に飛びこんだ。穴はかなり大きくなっていたが、VTOLの幅よりは、少し狭い。

翼が壁にひっかかった。

翼端が削られ、折れた。それでも、ジョウは意に介さない。むりやりVTOLを穴の奥へと進ませる。

中に入った。送信所の内部へとVTOLが進入した。

すさまじい衝撃がジョウとアルフィンのからだを揺さぶり、とてつもない轟音がふたりの耳をつんざいた。

ジョウは、VTOLのエンジンを切る。同時に逆制動をかける。

VTOLが浮力を失った。VTOLが入ったのは、広い部屋の中ではなく、通路の真ん中だった。折れた翼の切断面が通路の壁をえぐり、そこにVTOLがはさまった。

「到着」

ジョウはキャノピーを吹き飛ばした。シートから立ちあがって、機外にでた。手を貸して、アルフィンも外にだした。

「クラッシャーって、めちゃくちゃ」

アルフィンは楽しそうにあきれた。肩をすくめながら、顔は笑っている。

通路に、ふたりが降り立った。

「行くのは、どっち？」

アルフィンが訊いた。

「わからん」ジョウはかぶりを振った。

「勘で動く」

「本当に、クラッシャーってめちゃくちゃ」

アルフィンは、ため息をついた。

7

ジョウとアルフィンは、通路を走った。

しばらく進むと、扉があった。ジョウは、機銃を短く連射した。

扉がひらいた。銃撃音に誰かが反応した。ドアパネルが横にスライドし、そこから男がひとり、顔を覗かせた。

すかさず、ジョウがダッシュした。男のすぐ脇に身を移した。

男に逃げる間はなかった。気がついたら、自分の額に機銃の銃口が押しあてられている。アルフィンも動いた。ひらりと跳び、扉の真ん中に立った。これで、男は扉を閉じてジョウとアルフィンを通路に閉めだすことができなくなった。

「な、何ものだ？」

男が問う。顔面が蒼白だ。唇がわなわなと震えている。生え際が後退した額、こけた頬。典型的な学者タイプだ。服装も、地味な色の制服で、裾《すそ》の長い上着を着ている。

「おもしろい質問だ」低い声で、ジョウが言った。

「操り人形に、そんな質問はできない」

「う」

男は口もとをひきつらせた。全身が硬直している。

「おまえはガラモス直属の部下だな」

ジョウは機銃の銃口で、男の額を軽く突いた。

「ち、違う」男は首を横に振った。

「わたしはただの技師だ。ここの管理をまかされている。たしかに暗示にはかかっていないが、けっして送信所の責任者や軍人などではない」

「暗示にかかっていないのにガラモスに協力しているのね」アルフィンが口をはさんだ。

「だったら、十分にここの責任者よ。少なくとも、かれの野望の被害者とは違う」

「いや。それは……」

男が視線をアルフィンに向けた。その目がいきなり丸くなった。

「アルフィン様！」

「送信システムはどこ？」

アルフィンも機銃を持っていた。それを男の鼻先に突きつけた。

「答えたほうがいいと思うぜ」

ジョウはトリガーボタンに指をかけ、それを少しだけ押した。

「このフロアの真下だ」

男はあっさりと口を割った。忠誠心が薄い。たしかにただの技術者らしい。

「そいつを壊したら、どうなる？」

ジョウが訊いた。

「………」

男の顔がひきつった。

「どうなるんだ？」

「催眠電波が止まる」

「それはめでたい」ジョウは大きくうなずいた。

「俺たちを、そこに案内してもらおう」

「それは無理だ。たどりつく前に警備兵に射殺される。あいつらは登録されていない人間を即、敵と認識し、攻撃を仕掛けてくる。わたしを人質にしてもだめだ。敵と行動をともにする者は敵とみなされる。例外はない」

「それは通常の経路を移動した場合の話だろ」

「どういう意味だ？」

　男が問いを返した。

「この手の施設には、必ずメインテナンス要員専用の移動経路がある。そこを使えば、警備兵にでくわす確率が減少する。違うか？」

「…………」

「イエスのようだな」男の表情の変化を、ジョウは読んだ。

「そこを使って俺たちを送信システムのコアまで連れていけ。拒否した場合は、ここで射殺する。強行突破に、足手まといな案内役は要らない」

　トリガーボタンにかかるジョウの指に、また少し力がこもった。

「待ってくれ！」蒼白になり、男は叫んだ。

「案内する。たしかに専用通路がある。そこを通れば、安全にコアへ行くことができる。だから、撃たないでくれ」

「いいだろう」ジョウは指をトリガーボタンから離した。

「さっそく出発する」

「部屋からでて、通路を抜けなくてはいけない」男は言を継いだ。

「そこは警備兵の監視下にある。進めば、間違いなく発見される。それに、システムコアにも警備兵が多数、配備されている」

「安心しろ」ジョウは薄く笑った。

「おまえがきちんと案内役をつとめてくれるのなら、俺たちは全力でおまえを守る。おまえを見捨てて逃げるようなことはしない」

「わかった」

男はうなずいた。からだが恐怖で小刻みに震えている。

「俺が先に立つ」ジョウは言った。

「おまえは背後につき、行く方向を指示しろ。しんがりはアルフィンだ。アルフィン、この男が逃亡をはかったら、遠慮なく撃て」

「了解」

三人は通路を進んだ。十メートル先で、その通路は、べつの通路と交差していた。

「そこを左」男が言った。

「曲がると、通路のどこかに監視カメラがある。たぶん、曲がるのと同時に警報が鳴る。そして、警備兵がやってくる」

「曲がったあとは、どこへ行く？」

「ドアがある。そこに入る。ロックは掌紋《しょうもん》と網膜パターンで解除される。中は研究室のひとつだ。そこに保守要員専用のエレベータがあり、乗れば、システムコアまで直行できる」

「おまえがドアをあけるまで、警備兵の攻撃を食い止めればいいんだな？」

「そういうことになる」

通路の角に到達した。

ジョウとアルフィンは左手に手榴弾を握った。機銃を構え、呼吸をととのえた。

「走るぞ」男に向かい、ジョウは言った。

「ドアの前に着いたら、教えろ。そこで止まって、警備兵を迎え撃つ」

返事は聞かなかった。男が答える前に、ジョウは飛びだし、通路を左に折れた。

疾駆《しっく》する。一気に通路を駆けぬける。

けたたましい電子音が響いた。通路のそこかしこで、赤い照明が明滅した。男の言ったとおりだ。送信所の警報装置が動きはじめた。

「そこだ！」

男の声がジョウの耳朶を打った。たたらを踏み、ジョウは急停止した。うしろを振り向くと、男が壁の前に立ち、その一角にてのひらを押しあてている。

「きた」

アルフィンが言った。ジョウは正面に向き直った。通路の向こうに、警備兵があらわれた。恐怖を知らぬ、操り人形の兵士たちだ。まっすぐに突っこんでくる。

ジョウは手榴弾を投げた。と同時に、機銃を乱射した。催眠暗示下にある兵士たちを相手にするとなると、迎撃法はこれしかない。そうでないと、必ず追いつめられる。

手榴弾が爆発した。その直後に、ジョウの背後でも爆発音が轟いた。アルフィンだ。反対側からも警備兵がやってきた。かれらに向かって、アルフィンも手榴弾を投げた。

「あいたぞ」

男の声がジョウの耳に届いた。ジョウはうしろを振り返った。

ドアだ。ドアがひらいている。男が中に入った。間髪を容《い》れず、ジョウとアルフィンもそのあとにつづいた。三人がくぐるのと同時に、ドアは閉まった。

「こっちだ」

部屋の中を男が走る。突きあたりの壁に、エレベータの扉とコンソールパネルがあった。男はパネルのキーを指先で叩いた。扉が横にスライドした。すぐに三人が飛びこむ。

エレベータが降下した。数秒で停まった。また扉がスライドした。

ジョウが機銃を構えた。アルフィンが手榴弾を握った。

機銃を撃ちまくる。手榴弾を投げる。

爆発した。銃弾が空間を縦横に切り裂く。

「コアはどこだ？」

ジョウが訊いた。そこへ反撃がきた。レーザービームだ。激しく撃ってくる。

アルフィンが応戦した。機銃を連射し、さらに手榴弾も投げる。

「あっちだ」男が右手奥を指差した。硝煙とほこりで、視界が悪い。しかし、三人にとっては好都合だ。硝煙がめくらましになっている。

「この先二十メートルほどのところにコアの装置が据えつけられている」

「そこをやれば、電波は止まるんだな」

「止まる。嘘は言わない」

きっぱりと、男は答えた。ジョウは、その言を信じた。

ペンシルミサイルを使う。これで、システムコアを根こそぎ破壊する。

ジョウはミサイルのランチャーをオンにした。照準を男の示す方向に合わせた。トリガーボタンを押した。

残るミサイルは四基。そのすべてをシステムコアに叩きこむ。

前方に火球が生じた。

ジョウとアルフィンは床に伏せた。男もそれに倣《なら》った。

轟音がビルを揺るがした。激しい振動が、床を上下させる。熱風が頭上を吹きぬけていく。

ジョウはおもてをあげた。爆風で硝煙が吹きはらわれた。視線の先に瓦礫《がれき》の山がある。巨大な装置がガラクタと化して、そこに転がっている。

「やった」

ジョウがつぶやいた。

「ピザンが……」アルフィンも口をひらいた。

「これで、ピザンが救われる」

警備兵がきた。レーザーライフルを構えている。すぐだ。すぐにかれらは正気に戻り、アルフィンを見る。そして、我に返って武器を捨てる。

ジョウとアルフィンは、そう思った。

が。

そうはならなかった。

警備兵は無表情に距離を詰めてきた。数が多い。数十人はいる。その全員が、レーザーライフルの銃口をジョウたちに向けて、じりじりと前進してくる。

催眠暗示が解かれていない。

「どういうことだ？」

ジョウは機銃を技師と名乗った男に突きつけた。男は立ちあがり、口もとを歪めてジョウを凝視している。

「電波は止まったよ」圧《お》し殺した声で、男は言った。

「たしかに送信システムのコアは破壊された。俺は嘘を言っていない」

「でも、暗示が残っているわ」アルフィンが言った。

「誰ひとり、もとに戻っていない！」

「当然だ」男は肩をそびやかした。

「電波が止まっても、一度かかった暗示そのものは解けない。最低六か月は持続する。でなきゃ、あいつらをピザンの外に連れだすことができない。子供でもわかる理屈だ」

「きさま、それを知っていて、わざと――」

「おまえがコアを爆破したがっていたからさ。それを俺は手伝ってやった。なあに、コアが壊されたところで、六か月も余裕があるのだ。そのあいだに、ガラモス様は、新しい送信所を用意される。ピザンは解放されない。いつまで経っても、ガラモス様のものだ」

「くそっ！」

ジョウは男に飛びかかろうとした。男は身をかわし、逃げた。警備兵が迫ってきている。ジョウはあとを追うことができない。

警備兵が、レーザーライフルの照準をジョウとアルフィンに据えた。反撃は不可能だ。数が違いすぎる。

「ジョウ」

アルフィンが、ジョウの横にきた。右手で、ジョウの左手を握った。これまでだということが、彼女にもわかった。逃げ道は、どこにもない。警備兵に完全に囲まれた。レーザーライフルで、ふたりはずたずたに灼き裂かれる。

音が響いた。

床が鳴轟《めいごう》した。波打つように、揺れた。

ジョウがあっと思う。

つぎの瞬間。

壁が崩れた。床が割れた。

瓦礫が降ってくる。樹脂塊が落下し、警備兵をつぎつぎと打ち倒した。金属パネルが、ジョウとアルフィンの眼前に落ちてきた。

「アルフィン！」

ジョウがアルフィンをかばった。そのからだを抱きかかえ、横に飛んだ。

音が激しくなった。爆発音だ。ひっきりなしにつづいている。何が起きたのかは、まるでわからない。しかし、予想になかった何かが、この送信所で起きている。

ジョウとアルフィンは、巨大な装置と装置の隙間に飛びこんだ。

そのとき。

光が射しこんできた。頭上からだった。いきなり、ジョウとアルフィンの周囲が明るくなった。

ジョウは天を振り仰いだ。

真上に、大きな影があった。細長い三角形の影だ。

その輪郭に、ジョウは見覚えがあった。

第四章　アル・ピザン

1

〈ミネルバ〉がピザン宇宙軍の戦闘機に攻撃され、格納庫のハッチがレーザービームで灼き切られたとき、リッキーとガンビーノは〈ファイター2〉の中にいた。〈ファイター2〉はハッチが吹き飛んだ衝撃にあおられて格納庫内で舞いあがり、ガレオンに激突して逆さまにひっくり返った。

「いててててて」

コクピットの内部では、リッキーがガンビーノの下敷きになって呻《うめ》いていた。

「悪いのお」

リッキーの背中にまたがったガンビーノが、ぽりぽりと頭を掻《か》いた。

ふたりは身を起こした。コクピットの天井が床になっている。

「何がどうなったんだよ?」

　リッキーが訊《き》いた。

「ハッチをやられたんじゃ。それで、非常隔壁が降りてきた。そいつと衝撃波に〈ファイター2〉が弾き飛ばされた。そんなとこじゃな」

「外にでてたら、おしまいだったってわけか」

「そういうことじゃて」

「〈ファイター1〉は?」

「さあて」ガンビーノは首を横に振った。

「ここでは、わからん」

　ふたりは〈ミネルバ〉の操縦室に戻った。

「生きてたのか」

　操縦室に入ってきたリッキーとガンビーノを見て、タロスは無表情につぶやいた。

「悪かったな」リッキーの目が、高く吊りあがった。

「タロスの操船がタコだったから、格納庫のハッチをやられて、出撃できなかったんだ」

「〈ファイター1〉は、やられた」

「なんだって?」

「本当か？」

リッキーとガンビーノの顔色が変わった。

「しかし、爆発はしていない。追跡はできていないが、ピザンの惑星のどれかに向かったはずだ。最後に捉《とら》えた航跡がそういう感じになっていた」

「やれやれ」

ガンビーノはリッキーと顔を見合わせた。ふたりの口から、安堵《あんど》のため息が漏れた。

「俺たちはどうする？」

リッキーが、タロスに訊いた。

「こういうことになっている」

タロスはコンソールスイッチのひとつを指先で弾いた。通信スクリーンに軍帽をかぶった男の顔が映り、スピーカーから声が流れた。

「……は偉大なるガラモス閣下に率いられたピザン宇宙軍だ。われわれはおまえたちの船を拿捕《だほ》する。すみやかに武装を解除し、本船とドッキングして乗船用ハッチをひらけ。繰り返す……」

タロスはスイッチを切った。

「てやんでえ」リッキーが腕を激しく振りまわした。

「こんな連中に命令されてたまるか。タロス。やっちまえ。ブラスターを撃ちまくれ！」

「いや」タロスはかぶりを振った。

「もう決着はついた。〈ミネルバ〉は降伏した。あいつらの指示に従う」

「なにい？」リッキーの顔が盛大にひきつった。

「あんた、それでもクラッシャーか！」

顔が真っ赤になった。

「落ち着け、リッキー」タロスは抑揚のない声で言った。

「〈ミネルバ〉は八隻の戦闘宇宙船に包囲されている。ほかに二十三機の戦闘機も控えている」

「それが、どうした。俺《おい》らはここで死んでやる」

「そいつはジョウが許さねえ」

「…………」

「俺が降伏したのは、ジョウを逃がすためだ。ジョウはピザンの惑星に不時着し、どこかできっと生きている。となれば、俺たちは死ねない。何があっても生きぬいて、ジョウを救出する。それが俺たちの仕事だ」

「ふむ」

ガンビーノが小さく鼻を鳴らした。

「まずかったかな?」

「いや」ガンビーノはにっと笑った。

「わしがあんたでも、同じことをした」

「ちくしょう!」リッキーがコンソールを拳《こぶし》で殴《なぐ》った。

「ちくしょう!」

タロスは通信機のスイッチを入れた。

「こちら〈ミネルバ〉。指示に従い、ドッキングする。武装は解除した」

十五分後。

主操縦席に、三人の兵士が入ってきた。室外にはもっと多くの兵士がひしめいている。

狭い操縦室には三人以上入ることができない。

「乗員が三名であることを確認した」いかつい顔の軍人が言った。ひとり、士官の制服を着用している。

「搭載機で脱出したのは何名だ?」

タロスに向かって、訊いた。

「…………」

タロスは答えない。無言で正面を見据《みす》えている。リッキーもガンビーノも同じだ。自分の席につき、まっすぐに前を見て、兵士たちを無視している。

「黙秘か」士官は言った。

「いいだろう。この件はあとで尋ねる。しかし、ひとつだけ、どうしてもいま訊いておきたいことがある。――これだ」

脇に立つ兵士が、白い布を士官に渡した。それを士官は両手で大きく横に広げた。宇宙服のインナースーツだ。アルフィンが着ていたものである。

「これはピザン宇宙軍の制式インナースーツだ。それも女性用の。言え！ この船に誰がいた？」

「…………」

「俺が言おう」士官は言葉をつづけた。

「アルフィンだ。ピザンの王女、アルフィンだ。そうだろう」

「…………」

「よほど痛い目に遭《あ》いたいらしいな。ここで吐くのなら、手荒なマネはしない。だが、基地に連行したら、話が変わる。おまえたちの生命も保証できなくなる。それでもいいか？」

「…………」

「わかった」士官は兵士に視線を向けた。

「やれ」

「はっ」

兵士が前にでた。右手に小さなボンベのようなものを持っている。麻酔ガスのスプレーだ。兵士は三人の鼻先にそのボンベを近づけ、ガスを噴射させた。

三人のクラッシャーが意識を失ってコンソールに突っ伏した。

「こいつらを旗艦に収容しろ」士官が言った。

「それと、クルーをここに呼べ。ピザンターナの軍司令部に移送する」

「はっ」

兵士は敬礼し、通信機を取りだした。

ピザンターナか。

タロスが心の中でつぶやいた。タロスは意識を保っている。倒れこんだのは芝居だ。麻酔ガスは効いていない。タロスはサイボーグである。あらかじめ、体内に空気を溜《た》めこんでおくことができる。その気になれば、三時間近く呼吸を止めていることも可能だ。

ピザンターナといやあ、太陽系国家ピザンの首都じゃねえか。

タロスはほくそ笑んだ。

ピザンの首都は、アル・ピザンにある。つまりは、向こうが勝手にアル・ピザンまで連れていってくれるということだ。タロスにしてみれば、大歓迎以外の何ものでもない。

こっそりと喜んでいるうちに、周囲が少し騒がしくなった。タロスのからだがふわりと浮いた。兵士たちがかれを操縦室から運びだそうとしているらしい。ますますけっう、とタロスは思った。そういうことなら、こちらも肉体に十分な休息を与えなくてはいけない。

タロスは決めた。自分の意思で、しばらく眠ることにした。

目が覚めると、タロスはアル・ピザンにいた。

薄目をあけて、周囲の様子をうかがった。宇宙港のロビーとおぼしき場所を、ホバーベッドに乗せられて移動している。まわりは武装した兵士だらけだ。大仰《おおぎょう》な警備体制である。

ピザンターナ宇宙港であろうと、タロスは推測した。首都ピザンターナに近い、まっとうな宇宙港といえば、これしかない。

扉を抜け、ホバーベッドはロビーの外にでた。ロビーの外とは、要するに宇宙港ビルの外だ。三台のホバーベッドが、まぶしい陽光の下、しずしずと兵士たちに押されていく。ホバーベッドは自走できない。浮いているベッドを兵士が人力で押す。タロスのホバーベッドは列の最後尾だ。リッキーとガンビーノは、まだ昏睡《こんすい》状態である。

ビルの車寄せに、軍の兵員輸送用エアカーが、やってきて停まった。タロスたち三人

は、ホバーベッドごと、そのエアカーのカーゴボックスに積みこまれた。

軍司令部行きの豪華リムジンってとこだな。

タロスは車内を眺めた。ここにもちゃんと兵士がいる。気絶したふりはつづけなくてはいけない。

二十分ほど走行し、エアカーは停止した。ホバーベッドがカーゴボックスから降ろされた。どうやら軍司令部とやらに到着したらしい。

再びホバーベッドが運ばれていく。ビルの中に入った。通路を進む。長い通路だ。通路の左右には部屋がいくつも並んでいた。ホバーベッドは、それらの部屋のドアの前を通る。偶然、そのドアのひとつが、大きくひらいていた。あけ放たれたドアの向こう側から、太い声が流れてきた。

「ガラモス閣下は、当分の間、ジル・ピザンで指揮をとられることとなった。この件、全指揮官に通達しておけ。忘れるな」

驚くべき情報である。

「命令、了解」タロスは、心の奥底で小さく言った。

「忘れないぜ。絶対に」

2

三人のホバーベッドは五メートル四方ほどしかない小部屋に置かれた。部屋といっても、入口は監視の目が隅々にまで届く全面硬質ガラスの壁になっている。窓はひとつもない。要するに、厳重な留置場である。

軍隊だから、営倉《えいそう》っていうんじゃねえかな。

タロスはつまらないことを考えた。これだけあからさまに見張られているとなると、寝たふりをやめるわけにはいかない。少なくとも、ガンビーノかリッキーのどちらかが目を覚ますまで倒れていないと、不自然になる。タロスは、無心に眠りこけているふたりを声なき声で呪《のろ》った。

結局、リッキーが意識を戻したのは、それから一時間後のことだった。その二分後には、ガンビーノも覚醒した。

「どこだあ？　ここ」

いきなり目をひらき、上体を起こして、リッキーは寝ぼけた声を発した。

「アル・ピザンだ」

リッキーの声を聞き、タロスは跳《は》ね起きた。ついでに質問の答も返した。

「アル・ピザン？」

リッキーにはぴんとこない。自分がどういう状況にあるのかも、わかっていない。

「アル・ピザンということは……」タロスの左どなりから、ガンビーノの声が響いた。

「ここは首都のピザンターナということか」

年の功のぶんだけ、ガンビーノは思考回路が正常になるのが早い。

「そうだ」タロスはうなずいた。

「ピザンターナにある軍司令部の留置場だ」

「そうか！」リッキーの声が高くなった。目も、丸く見ひらかれた。

「俺らたち、ピザン宇宙軍の捕虜《ほりょ》になったんだ」

「しかし、こんなところに閉じこめるとはのお」ガンビーノが首をひねった。

「わしだったら、さっさと殺しているぞ」

「物騒《ぶっそう》だなあ」

リッキーが眉をひそめた。

「手荒なマネをして、アルフィンがどこに行ったのかを聞きだそうとしているのさ。あのだせえ将校がほざいていたじゃねえか」

薄ら笑いを浮かべ、タロスが言った。

「無駄なことを」

ガンビーノが肩をすくめた。

「それよりも、おまえらがやすらかに眠りこけている間に、おもしろい話を耳にした」

タロスが言を継いだ。

「おもしろい話？」

「ああ」

タロスはリッキーの問いに答えようとした。が、それはできなかった。硬質ガラスの壁の向こうに人影があらわれた。タロスはあわてて口をつぐんだ。

壁がひらき、兵士が三人、部屋の中に入ってきた。真ん中のひとりが大型のレイガンを構え、トリガーボタンに指を置いている。

「そのまま動くな」レイガンを持つ兵士が言った。声に抑揚がない。

「これから、ひとりずつ訊問《じんもん》する。おまえからだ」

兵士はリッキーを指差した。

「訊問？　俺らから？」

リッキーは、きょとんとなった。

べつの兵士ふたりがホバーベッドに歩み寄った。ひとりがリッキーの手に電磁手錠をかけた。あとのふたりは、タロスとガンビーノの足首に電磁手錠をかけ、それをホバーベッドのフックにはめこんでロックした。

兵士がリッキーを立たせる。

「部屋の外にでろ」

兵士が言った。言いながら、銃口をリッキーの背中に押しあてた。逆らうことはできない。

「はいはい」

リッキーは前に進んだ。硬質ガラスの扉をくぐった。扉が閉まり、兵士三人とリッキーの姿が、タロスとガンビーノの視界から消えた。

リッキーが留置場に戻ってきたのは、二時間後のことであった。

形相が変わっていた。あご、頰が無惨に腫《は》れあがり、青紫色に変色している。からだはクラッシュジャケットに隠されていて判然としないが、こちらも、傷だらけになっているらしい。袖口から、鮮血がしたたっている。床に血溜《ちだま》りができた。

兵士はリッキーを放り投げるようにホバーベッドの上に置き、電磁手錠で足首を固定した。そして、つぎの指名をおこなった。

「爺い、おまえだ」

ガンビーノが連行された。タロスがリッキーに向かって声をかけた。

「生きてるか？」

「タロス」いまにも消え入りそうな声で、リッキーは答えた。

「俺ら、一言も口をきかなかったぜ」

それだけ言った。

「とにかく、からだを休ませろ」タロスはつづけた。

「俺の訊問《じんもん》がすむころには、深夜になる。二回戦は、朝になってからだろう。たぶん、数時間の間があく。そのときに勝負をかける」

「…………」

リッキーは返事をしなかった。いや、できなかった。完全に失神していた。

さらに二時間後。

ガンビーノが帰ってきた。リッキーを上回る痛々しい姿になっていた。白い髪とひげが、血糊《ちのり》でべっとりと固まっている。皮膚は土気色《つちけいろ》だ。立って歩くことができず、兵士ふたりに引きずられてきた。

「でかいの。きさまの番だ」

タロスは素直に従った。ちょっと暴れれば、兵士のふたりや三人、簡単に始末できる。しかし、それではここから脱出できない。リッキーとガンビーノを見捨てることになる。ここはひたすら辛抱《しんぼう》だ。

三時間後に、タロスは留置場へと戻された。訊問の正体が、しみじみとわかった。要は単なる拷問《ごうもん》である。三時間の間、タロスは兵士たちにひたすら殴られ、蹴られた。殴《おう》打《だ》の合間に、何か訊かれたが、それはすべて無視した。何かの儀式のような三時間だった。

タロスはホバーベッドに仰向けに倒れ、呻《うめ》き声を漏らした。兵士たちが留置場からでていき、硬質ガラスの扉が閉まった。

「タロス、ひどいのか？」

今度は、リッキーが訊いた。五時間の休息を得て、リッキーはかなり体力を回復させていた。ガンビーノは、まだ気絶している。

「こんなところだ」

タロスは横を向き、リッキーに自分の顔を見せた。

「ぜんぜん変わってない」

リッキーはかぶりを振った。

「よく見ろ。少し傷が増えてるはずだぞ」

タロスは反論した。しかし、いまはそんなことでむきになっている場合ではない。

「ガンビーノの様子はどうだ？」

タロスはリッキーに質問を返した。

「一時間前に、ちょっとだけ意識を戻した」リッキーは言った。

「そんときに少し言葉を交わしたけど、体力的な問題はないような気がする」

「いまは眠っているだけなんだな」

「たぶん」

「オッケイ」タロスはうなずいた。

「それなら、あと二時間くらいしたところで、例の勝負ってやつをはじめよう」

「例のやつだね」

「ああ」

盗聴を恐れ、タロスは曖昧《あいまい》な物言いをした。

そこで、いったんタロスの記憶が途切れた。

我に返ると、二時間が過ぎていた。どうやら、タロスも気を失っていたらしい。サイボーグといえども、生身の部分に受けたダメージは、そのまま痛手となる。何をされても平気というわけではない。

いつの間にか閉じていた目をあけ、タロスはリッキーとガンビーノに「おい」と声をかけた。ふたりは、うなり声のような返事をした。室内は、白い光で満たされている。天井が発光パネルになっていて、あたりは昼間のように明るい。しかし、時間は、間違いなく深夜だ。

やってやる！

監視カメラが設置されているのを承知で、タロスは動いた。

上体を起こし、足首を固定している電磁手錠を引きちぎった。と同時に、ホバーベッドから降りた。

リッキーとガンビーノの電磁手錠も外した。この程度の力技、タロスにはなんでもない。軽合金の金具を、指先だけでねじ切った。

自由になったリッキーとガンビーノが硬質ガラスの壁に向かい、立った。ふたりはクラッシュジャケットのボタンをちぎり、それを壁めがけて投げつけた。

壁が燃えあがる。一気に炎上し、溶解しはじめる。

警報が鳴り響いた。兵士がくる。すぐに駆けつけてくる。その前にこの留置場から脱出しなければならない。

「でやあっ」

一声吼《ほ》えて、タロスは硬質ガラスの壁に体当たりした。アートフラッシュの炎にあぶられて変質していた硬質ガラスは、あっけなく砕けた。壁が崩壊し、大穴があいた。タロスは勢い余って、通路へと飛びだす。たたらを踏んでこらえ、壁面に激突する直前で足を止めた。

「すげえや」

リッキーがタロスにつづいて留置場からでてきた。そのうしろに、ガンビーノがいる。

「こっちだ！」

タロスが叫んだ。叫んで、走りだした。どたどたした走りだが、足は意外に速い。

通路を駆けぬけた。どこをどう進めばいいのかは、はっきりとわかっている。運びこまれるときに確認した。

兵士がきた。交差する通路の左右から、わらわらとあらわれた。

「どけいっ！」

タロスが数人の兵士を跳ね飛ばした。すかさずリッキーとガンビーノが倒れた兵士に駆け寄った。兵士たちは大型のレイガンを手にしている。それを、むりやりもぎとった。

「タロス！」

奪ったレイガンの一挺を、リッキーがタロスに向かって投げた。タロスはそれをひょいと受け取り、そのままトリガーボタンを絞った。

光条が乱れ飛ぶ。糸よりも細いビームが、押し寄せてくる兵士たちを片はしから薙《な》ぎ倒した。

三人のクラッシャーは、通路を抜けた。玄関を突っきり、ビルの外にでた。追ってくる兵士たちをリッキーとガンビーノが、レイガンで蹴散《けち》らす。

「よっしゃあ！」

車寄せに軍用エアカーが停まっていた。タロスは、その操縦席に突進した。操縦席には、兵士がいる。タロスを見て、兵士は銃を構えようとした。しかし、それよりも、タロスのほうが速い。拳を固め、タロスは操縦席側の窓ガラスを殴った。ガラスが微塵《みじん》に砕け、タロスの右腕が車内に飛びこんだ。タロスは兵士の衿首《えりくび》をつかみ、腕を手前に引いた。兵士は顔面からドアに激突した。血泡を吹き、気絶する。

ドアをあけ、タロスは兵士を車外に放り投げた。そして、かわりに操縦席へともぐりこんだ。

リッキーとガンビーノがきた。リッキーが助手席に乗り、ガンビーノが後部シートに転がりこむ。

「行くぞ！」

タロスが軍用エアカーを発進させた。リッキーとガンビーノの攻撃で算を乱された兵士たちは、その動きに追いつけない。何人かがレイガンで撃ってくるが、軍用エアカーの装甲は頑丈だ。車体がビームを弾く。

弧《こ》を描いて、軍用エアカーが道路へと飛びだした。タロスはスロットルを全開にする。バイパスを突っきり、ハイウェイへとあがった。速度が四百キロをオーバーした。さすがに軍用エアカーでは、このあたりが最高速度だ。

「どこへ行くんだ？」

リッキーがタロスに訊いた。

「決まってらあ」タロスはうなるように言った。

「宇宙港だ。〈ミネルバ〉を取り戻す」

そして、にやりと笑った。

3

ハイウェイから降りた。

ピザンターナ宇宙港まで三十キロという標識の直後にあらわれたインターチェンジで一般道路に移り、バイパスを走った。行手に、光の塊《かたまり》が見える。夜空には、光条が幾筋も天に向かって伸びている。

タロスは道路の端にエアカーを寄せ、停止させた。エンジンスイッチも切った。

「なんだよ?」リッキーが不満そうに訊いた。

「宇宙港はもっと先だぜ。どうして停まるんだ?」

「リッキー」タロスは首をめぐらした。

「おまえ、宇宙軍の基地――軍港ってやつに行ったことがあるか?」

「軍港? 行ったことないなあ」

「軍港は、ふつうの宇宙港とは警備体制が完全に異なっている。少なくとも、このあたりまで近づいたら、要警戒だ。ピザンターナ宇宙港は、一般の宇宙港だが、いまは軍港として使われている。油断はできない。それなりの対応をする必要がある」

「ふーん」リッキーは唇をとがらせた。

「話はわかった。でも、こんな離れた場所で対応って、何するんだよ？」

「そこで、ガンビーノの出番ってわけさ」

タロスは後部シートに視線を移した。

「呼んだかの？」

シートで横になっていたガンビーノが、上体を起こした。まだ体力は完全には回復していない。しかし、顔色と表情は、いつものそれに戻った。

「名演技を見せる時間だぜ」

タロスは言った。

「相手は誰じゃ？」

「ちょっとわからねえな。こんな夜中にやってくるやつを捕まえるんだ。選《え》り好みはできない。運を天にまかせて、最初にきたのを相手にする」

「とんでもないのがこないことを祈るだけか」

ガンビーノは肩をすくめた。

タロスがエアカーの外にでた。ガンビーノも後部シートから這いだした。

「俺らは？」

リッキーが訊いた。

「おまえはいい」タロスが言った。

「そこで見物してろ」

タロスは道路の端に進んだ。合金製の緩衝帯《かんしょうたい》がある。その蔭に入った。ガンビーノは、ほとんど動かない。エアカーのボディに背中をもたせかけ、道路の上にすわりこんだ。

時間が過ぎる。

誰もこない。エアカーの一台も、走ってこない。

一時間以上、待った。

ぴくり、とガンビーノの顔が動いた。おもてをあげ、首を横に向けた。光が見える。道路のはるか先だ。宇宙港とは反対側である。そこに二筋の光芒《こうぼう》が流れている。きた。獲物がやってきた。

光が近づいた。大型のエアカーだった。バントラックである。ガンビーノが立ちあがった。よろめきながら、道路の真ん中へと飛びだした。

ヘッドライトの丸い光の中に、ガンビーノの姿が黒く浮かびあがった。

バントラックが急停止する。逆噴射で制動をかけ、車体を横に向ける。

ぎりぎりのところで、バントラックは停まった。フロントノーズの一部が、ガンビーノの胸をかすめた。

「何するんだ。馬鹿野郎！」

太った赭《あか》ら顔の男が、バントラックの窓から顔をだし、怒鳴った。白い帽子をかぶっている。帽子には何か文字が書かれている。

大当たりだ。

心の中で、ガンビーノはほくそ笑んだ。軍の車輛ではない。乗っているのは、民間の宇宙港出入業者だ。

「すまねえ、にいさん」ガンビーノは哀れっぽい声をだし、謝った。

「わしのエアカーがいかれちまった。見てくれないかね？」

「エアカーだと？」男の表情が、いぶかしむものに変わった。

「どういうことなんだ」

男がコンソールに腕を伸ばし、レバーを操作した。ヘッドライトの角度が変化し、白い光が道路の脇に停車しているエアカーを照らしだした。

「軍用じゃねえか」

男の目が丸くなった。

「はて。そんなものがどこにあるのかな？」

男の横、助手席側から声が響いた。男はぎょっとなり、あわてて首をめぐらした。助手席のドアがあいている。そこから、異相の巨漢がひとり、顔を覗かせている。

タロスだ。助手席にすわっていた男の相棒は、意識がない。仰向けに倒れ、気絶している。

「おまえは……」

男は絶句した。

「いいバントラックだな」車内にもぐりこみながら、タロスは言った。

「ちょいと貸してくれ」

タロスの腕が伸びた。男の衿首をつかんだ。そのまま引きずり、車外に放りだした。すさまじい膂力《りょりょく》だ。ついでに首すじに軽くチョップもあてた。男は失神し、道路に転がった。

「テレモアクリーンサービスと車体に描いてあるぞ」ガンビーノがタロスの横にやってきて、言った。

「清掃用ロボットのメインテナンスサービス業者じゃな。どうりで真夜中にやってくるはずじゃ」

「獲物としては、最高クラスだ」タロスは、助手席の男も道路に降ろした。

「こいつらを縛りあげてくれ」

ガンビーノに向かい、言った。

「こういうことだったんだ」

軍用エアカーから、リッキーがでてきた。

ガンビーノとリッキーはふたりがかりで清掃業者の男ふたりを縛りあげ、そのからだを軍用エアカーの助手席に運び入れた。縛る前に、制服と制帽をはぎとった。軍用エアカーのドアは、外からロックした。

「リッキー」バントラックの前に戻ったタロスが言った。

「おまえとガンビーノがその制服を着て、清掃会社の人間に変装しろ。俺はカーゴボックスの中に隠れる」

「タロスじゃ、着られないもんね」

「うるせえ」

着替えて、バントラックに乗った。ガンビーノが操縦席で、リッキーが助手席である。

「おまえは口をひらくなよ」ガンビーノが、リッキーに顔を向け、言った。

「しゃべるのはわしひとりじゃ。おまえは、絶対に黙っていろ」

「へいへい」

リッキーはうなずいた。こういうトリッキーなオペレーションは、経験がものを言う。そのことは、リッキーもよく承知している。

バントラックが走りだした。一キロほど進んだ。そこに検問所があった。タロスの言ったとおりである。軍港となったピザンターナ宇宙港の警備は、尋常ではない。

レイガンを構えた兵士が、バントラックの横に立った。通行証を要求した。ガンビーノは、奪った制服のポケットに入っていたデータカードを兵士に渡した。兵士はそれを携帯端末に挿入した。

「テレモアクリーンサービス、時間どおりだ。通行を許可する」

データカードをガンビーノに返した。

ガンビーノはバントラックを再発進させる。

第一関門、通過成功。

「楽なもんだね」

走りだしてすぐにリッキーが口をひらいた。あまりに簡単に事が運んだので、気がゆるんだ。

「しゃべるな！」

ガンビーノが低い声で厳しく注意した。

「だって、もう検問は……」

リッキーは反論しようとした。それを、ガンビーノは手を挙げて制した。

「黙れ。道路沿いに集音機が仕掛けてあるかもしれないんだぞ」

「……………」

「敵地を行くときは、あらゆることに気をまわせ。でないと、生き残れない」

「……………」

一言もなかった。リッキーは唇を嚙み、首うなだれた。

検問は、さらにつづいた。宇宙港に入るまでに三回、ガンビーノはデータカードを示さなくてはならなかった。が、どれもトラブルなく通過し、バントラックは、無事に宇宙港の内部へと進入した。

「どこへ行く？」

カーゴボックスのタロスに、ガンビーノは訊いた。

「ひとまず、駐車場に向かおう。そこにバントラックを停めて、このあとの作戦を練る」

タロスは答えた。

「了解」

バントラックは宇宙港ビルを大きくまわりこみ、駐車場へと進んだ。広い駐車場の隅に、ガンビーノはバントラックをひっそりと停めた。まわりには軍用エアカーがずらりと並んでいる。

ガンビーノとリッキーはいったん車外にでた。それからカーゴボックスの中に入り直した。この中が、いちばん目立たない。謀議には、もってこいの場所である。

「とりあえず、テレモアクリーンサービスの作業員として、しばらく働いてくれ」

開口一番、タロスはそう言った。

4

「しばらくって、どれくらいだよ？」

リッキーが訊いた。

「おまえたちが、〈ミネルバ〉の位置を確認するまでだ」

「〈ミネルバ〉の位置？」

「俺たちがここに連れてこられたとき、〈ミネルバ〉は右端にある予備滑走路に着陸していた」タロスは言葉をつづけた。

「通常なら、そのあと機体は格納庫に入れられるか、あいている離着床に置かれる。しかし、俺はそうはなっていないと読んだ」

「ピザンの特殊事情のせいじゃな」

「そういうことだ」ガンビーノの言に、タロスはうなずいた。

「力場チューブのおかげで、ピザンは惑星間航行のシステムを必要としない。だから、地上離発着する宇宙船は、垂直型の小型シャトルばかりだ。〈ミネルバ〉のような水平型外洋宇宙船が飛来することはめったにない。そのため、離着床の形状も、格納庫のそれも、みな垂直型のフォルムに合わせてある。〈ミネルバ〉が使うことはできない」

「要するに、なんらかの対策が施されていない限り、〈ミネルバ〉は滑走路の端に放置されている。そう睨んだのじゃな」

「ああ。しかし、これはあくまでも予想だ。予想で動くわけにはいかない。そこで、ガンビーノとリッキーに、〈ミネルバ〉の位置を探ってきてもらう」

「作業用ロボットのメインテナンスをするふりをしながら、〈ミネルバ〉を見つけだすってわけか」リッキーが言った。

「簡単だね」

「あほう。問題は、そのあとだ」タロスの声が高くなった。

「発見して位置を確認したら、すぐにそれを通信機で俺に知らせろ。俺は軍用エアカーをかっぱらい、それで〈ミネルバ〉まで突っ走る」

「通信したとたんに、わしらの動きがばれてしまうな」

ガンビーノが言った。

「〈ミネルバ〉に着くまでに、タロス、やられちゃうぜ」

「てめえがでくの坊みたいに、その場に突っ立っていたら、そうなる」タロスはリッキーに目を向けた。視線が鋭い。

「そっちも、位置を通報したら、即座に動くんだ。派手に暴れて兵隊どもを攪乱《かくらん》する。

宇宙港をめちゃくちゃにしてもかまわねえ。俺は〈ミネルバ〉を確保したら、それをそっちに知らせる。そうしたら、おまえたちも〈ミネルバ〉に向かうんだ。うまくいけば、全員無傷で合流ができる」

「うまくいけばね」

リッキーが肩をすくめた。

「派手にやるのは、まかしておけ」ガンビーノが胸を張った。

「ちと武器が足りないが、とりあえずアートフラッシュも残っている。なんとかなるじゃろう」

「こいつは、おまえが持て」兵士から奪ったレイガンの一挺を、タロスはリッキーに渡した。

「俺には、奥の手がある」

にやりと、タロスは笑った。これで、リッキーは二挺レイガンだ。射撃の腕を、数でカバーできる。

「行ってくるぞ」

ガンビーノが立ちあがった。

「うれしい連絡を待っている」

タロスは言った。

リッキーとガンビーノが、カーゴボックスから車外にでた。タロスは腕を組み、目を閉じた。ここからは我慢の時間だ。ただひたすらに朗報を待つ。それまでは、何もできない。何もしない。

淡々と時間が経過した。

テレモアクリーンサービスの作業員に扮《ふん》したリッキーとガンビーノは、まず宇宙港ビルのロビーに入る。そこで、ロボットのチェックを開始する。メインテナンス作業がどういう段取りになっているのかは、わからない。だが、ガンビーノならうまくやる。状況を一瞥《いちべつ》しただけで、何をどうすればいいのかを、ガンビーノは理解する。かれには、それだけの経験と知識がある。どじは踏まない。作業をしながら監視の目をかいくぐって、ふたりは宇宙港の管理システムにアクセスするはずだ。いわゆるハッキングである。そして、〈ミネルバ〉の位置情報をつかみ、それをタロスに通報する。

三十分が過ぎた。

さすがにタロスもじれてきた。

そのとき。

手首の通信機から、ガンビーノの声が飛びだした。

「あったぞ。読みどおり。滑走路の端にそのまま置かれている。警備兵多数。気をつけて行け」

短い通信だった。それで、交信は切れた。

タロスは、車外にでた。手近な軍用エアカーに飛び乗った。オープンタイプだ。あっさりと操縦席に入った。コンソールパネルのカバーを引きはがし、スイッチを直接つないだ。エンジンをスタートさせる。

発進した。一気に加速。

数秒で、時速二百キロに達した。駐車場を疾駆《しっく》する。滑走路と駐車場は、高い塀《へい》で隔てられている。高さはおよそ五メートル。この塀を越えないと、大回りを強《し》いられる。

タロスは切り裂いたコンソールパネルの中を左手で探った。ケーブルが指先に触れた。それをタロスは引きちぎった。

エアカーの高度があがった。エアカーには高度制限がある。それは軍用エアカーも同じだ。その制限をタロスはケーブルを外して解除した。これで、このエアカーは、パワーの許す限り、高々度を飛行することができる。

塀が眼前に迫った。エアカーは急上昇して、その塀の上に至った。

「行っけー！」

タロスは怒鳴る。加速はゆるめない。いまは一秒が惜しい。

塀を越えると、そこは離着床になっていた。宇宙船が何隻も並んでいる。滑走路は、そのかなり先だ。

ざした。

　タロスはエアカーをしゃにむに走らせた。立ち並ぶ宇宙船の隙間を縫い、滑走路をめざした。

　炎があがった。視界の右手のほうだった。そこに宇宙港のビルがある。炎はそのビルの窓から噴出した。リッキーとガンビーノだ。アートフラッシュを投げまくっているらしい。

「派手な連中だ」

　自分のことを棚にあげて、タロスは小さくつぶやいた。

　離着床エリアを抜け、滑走路の外れにでた。

〈ミネルバ〉がいる。相当に遠い。ざっと見て、四キロは離れている。すでにスロットルは全開だ。エアカーの速度は四百キロに達した。エンジンが悲鳴をあげている。

　あっという間に〈ミネルバ〉に迫った。警護の兵士たちが、疾走してくる軍用エアカーに気がついた。明らかに異常な動きだ。兵士たちはいっせいにレイガンを構えた。ビームを発射する。タロスはエアカーを蛇行《だこう》させ、それをかわす。そして、距離を詰めていく。

　兵士たちの真ん中に、エアカーが飛びこんだ。タロスは座席の上で仁王《におう》立《だ》ちになり、左手首を外した。タロスの左手は義手だ。その中には機銃が仕込んである。これが、タロスの言う奥の手である。左腕をまっすぐに伸ばし、タロスは兵士に向けて機銃を放っ

た。腕を水平に薙《な》ぎ、乱射した。

兵士が銃弾に撃ちぬかれ、ばたばたと倒れる。ここまできたら、殺《や》るか殺《や》られるかだ。タロスも必死である。

エアカーが〈ミネルバ〉の左舷に着いた。タロスはエアカーから飛び降りた。エアカーは無人のまま自走し、視界から消えた。

通信機で、制御コードを送った。〈ミネルバ〉の下部乗船ハッチがひらいた。タラップがでてきて、地上へと伸びる。

タロスはタラップを駆けあがった。船内に飛びこむと、ハッチを閉じる。それから通路を走る。操縦室へと向かう。

操縦室の扉がスライドした。中に入った。

兵士がいた。まさか、こんなところにまで警備兵がいるとは、さすがのタロスも思っていなかった。左手首は、すでに再装着している。他に武器は持っていない。一方。

驚いたのは、兵士も同じだった。このタイミングでタロスがあらわれるとは予測していなかった。うろたえ、レイガンを構えるのが遅れた。その隙を、タロスは衝《つ》いた。

頭から突進し、タロスは兵士を押し倒した。レイガンをもぎとり、右フックをそのあごに叩きこむ。

一撃で決着した。兵士は気絶し、動かなくなった。

タロスは通信機をオンにした。

「奪還成功！　すぐにこい」

それだけ言った。

「つぎだ」

タロスは主操縦席のコンソールに向き直った。スイッチをひとつ、指先で弾いた。

「起きろ。ドンゴ！」

大声で叫んだ。

「キャハ？」

操縦室の隅で、一台のロボットが起動した。頭部のLEDが、明るく光った。

「タロスがやったぞ！」

ガンビーノが言った。タロスから奪還成功の連絡が入ったとき、リッキーとガンビーノは、宇宙港ビルを破壊しまくっていた。火を放ち、レイガンをでたらめに乱射する。兵士たちは、ふたりに近づくことすらできない。

ガラスが微塵に砕けてしまった窓から、リッキーとガンビーノは外に向かって飛びだした。真正面に〈ミネルバ〉がある。直線距離で二キロ強というところか。ビルの脇に整備士用の小型車輛が並んでいた。その一台に、ふたりは乗った。

数分かかって、〈ミネルバ〉に着いた。追っ手は、いない。宇宙港ビルが炎上していて、そちらの始末にかかりきりだ。攪乱戦術が効を奏している。

リッキーとガンビーノが、操縦室に飛びこんだ。ふたりがそれぞれの席についた。

「発進！」

ドンゴの助けを借りて、離陸準備をすませていたタロスは、即座にメインエンジンのパワーをあげた。〈ミネルバ〉が動きはじめた。

「ミサイル発射用意」

操縦レバーを操りながら、タロスが言う。

「ミサイル？」

リッキーがきょとんとなった。

「ここにあるシャトルに向かって、ばらまくんだ」背後を振り返り、タロスはにやりと笑った。

「クラッシャーにちょっかいをだしたら、どうなるのかを教えてやろう」

「オッケイ。了解！」

リッキーは大きくうなずき、自分のコンソール脇にある予備のミサイル発射トリガーを引き起こした。本来、これは副操縦士の任務だが、いまはそこが空席になっている。

リッキーがかわりをつとめなくてはいけない。

狙いを適当に定めた。

〈ミネルバ〉が、離陸する。空中に躍りあがり、みるみる高度をあげていく。

「あばよっ！」

一声叫び、リッキーはミサイルのトリガーボタンを絞った。十数基の多弾頭ミサイルが〈ミネルバ〉から射出された。その弾頭が、シャワーのごとく宇宙港の離着床へと落下する。

爆発した。一瞬、宇宙港全体が紅蓮《ぐれん》の炎に包まれた。そんな感じの大爆発になった。シャトルがいっせいに吹き飛んだ。

〈ミネルバ〉は、さらに高度をあげる。あげてから急反転した。夜空に大きな弧を描いた。

「どこへ行くんじゃ？」

ガンビーノが訊いた。

「静かなところだ」

タロスは答えた。

「静かなところ？」

「催眠を解除して、こいつから情報をもらう」

タロスは足もとに視線を向けた。その視線を、ガンビーノとリッキーは追った。床に兵士がひとり、転がっていた。操縦室にいた兵士だ。タロスの右フックで気絶し、捕虜となった。

「ほほう。いつの間にかそんなことを」

ガンビーノは感心した。

「南へ百二十キロほど行くと、海がある」タロスは言を継いだ。

「そこに〈ミネルバ〉ごともぐる」

「海にもぐるぅ?」

リッキーが目を剝いた。

5

「ガンビーノ、遅いなあ」

リッキーがシートの上で大きく伸びをした。もう二時間近く、操縦室で、ぼんやりと処置が終わるのを待っている。さすがに待ちくたびれた。

「あせるな」タロスが言った。

「強力な催眠状態を、後遺症なく解こうとしているんだ。時間がかかって当たり前。丸一日を費《つい》やしても不思議じゃないんだぞ」

　ピザン宇宙軍の追っ手から逃れ、〈ミネルバ〉を海底に沈めたタロスは、着底と同時に、捕虜にした兵士の催眠を解除するようガンビーノに依頼をだした。

「やってみよう」

　その要請を、ガンビーノはあっさりと受けた。むろん、ガンビーノは医者ではない。心理学者でもない。しかし、かれには数十年に及ぶ経験の蓄積がある。クラッシャーとして、ガンビーノはありとあらゆることを体験してきた。その中には、こういった精神療法的な処置も含まれている。幸い、〈ミネルバ〉には最新の医療設備と、メインコンピュータがあった。そのふたつがあれば、たいていの不可能は可能に転ずる。

　さらに時間が過ぎた。あらたな二時間が経過した。

　リッキーが立ちあがった。もう我慢できない。

「俺ら、様子を見てくる」

　タロスに向かって、そう言った。

　甲高い音が響いた。

　ドアがスライドする音だった。

　ガンビーノが操縦室に入ってくる。そのうしろに、男をひとり引き連れている。

「紹介しよう」ドアの前で立ち止まり、ガンビーノは言った。

「ナバル軍曹だ。ピザン宇宙軍の海兵隊に所属していた」

ガンビーノは、ナバルを自分の横に立たせた。二十二、三歳といったところだろうか。若い兵士である。いまは武装を解かれ、ピザン宇宙軍のスペースジャケットだけを着ている。

「ナバルです」

紹介された軍曹は、おどおどとしたしぐさで頭を下げた。まだ完全に状況を理解できていないらしい。少し怯《おび》えている。

「催眠の解除は、正直言ってたいへんだった」ガンビーノが言葉をつづけた。

「よほど時間をかけて催眠状態に陥らせたのだろう。一度かかってしまうと、あとはもう電波による刺激がほとんど要《い》らなくなる。そういうレベルに入っていた。これでは、ただ催眠電波から隔離して鎮静剤を与えただけでは効果がでない。急速に解除するためには、適切な逆暗示が必要になる」

「逆暗示って？」

リッキーが訊いた。

「簡単に言えば、手をぽんと叩いて、あなたは目が覚めると言ってやるということだ。もちろん、これはそんな単純な逆暗示で解除できる催眠状態ではない。もっと複雑な代《しろ》物《もの》だ。催眠電波の種類を調べ、それに適合した波長、強度で逆暗示を脳内に送りこんでやらなくてはいけない」

「それをやったのか」

「当然じゃ」ガンビーノは胸を張り、うなずいた。

「もうナバルの催眠暗示は完全に解けた。しかも、かれのおかげで、ガラモスの流した催眠電波に関するデータが余すところなくそろった。いまコンピュータに分析させている。これがうまくいけば、強力な逆暗示電波を流すことで、ほとんどの人びとの催眠を即座に解除することができる」

「そりゃ、すごいじゃねえか」

タロスがひゅうと口笛を吹いた。

「おかげさまで、あの恐ろしい呪縛《じゅばく》から脱することができました」ナバルが口をひらいた。

「ありがとうございます」

いま一度、大きく頭を下げた。

「いいよ。お礼なんて」リッキーがしゃしゃりでた。

「それより、催眠状態って、どんな感じだったんだい？　なんにも覚えていないとか、そういうふうになるの？」

「いいえ」ナバルはかぶりを振った。

「行動はすべて覚えています。記憶も残っています。自分が何をしているのかの認識もはっきりとあります。でも、それが当然の行為だと思いこんでしまっているのです。悪いことをしているとは、これっぽっちも思いません。宮殿に押しかけ、攻撃をしかけたときも、自分は正しいことをしていると信じていました。それをしなくてはいけない。しないことが重大な叛逆《はんぎゃく》となる。思考がそうなってしまうのです。もちろん、ガラモスに操られているという感覚は皆無です。自分の意思で命令に従い、自分の判断でおのれを動かしている。ずうっとそう思っていました」

「わかるぜ。それ」タロスが言った。

「一部、不自然なところもあったりするが、ほとんどの連中は、みんなふつうにふるまっているんだ。聞いていなかったら、とても催眠状態に入っているとは思えない。だが、倫理観はすっかり変わってしまっている。偉大なガラモス様に刃向かうやつはみんな敵だ。そうなっている」

「典型的なマインドコントロールじゃな。洗脳の見本のようなものだ」

「わたしは慚愧《ざんき》に堪《た》えません」ナバルがうつむき、震える声で言った。

「反乱に荷担する気などかけらもなかったのです」

「自分を責めちゃだめだよ」リッキーが言った。

「悪いのは、全部ガラモスなんだから」

「そうだ」タロスが言った。「珍しくリッキーの言うとおりだ。そんなことでくよくよする必要はない。それよりも、この事態を早くなんとかしなくてはならない。ピザンを救うために、俺たちに力を貸してくれ」

「それは、もちろんです」ナバルは強いまなざしで、タロスを見た。

「でも、あなたがたはいったい……？」

「俺たちは、アルフィンに雇われたクラッシャーだ」

「アルフィン様に？」

「ああ」

タロスは、これまでのいきさつをナバルに語った。ピザン宇宙軍に〈ミネルバ〉が攻撃され、アルフィンが行方を断ったところで、ナバルは目に涙を浮かべた。

「そうですか。アルフィン様があなたたちを」

「国王や大臣の消息を知っているかな？」

ガンビーノが、ナバルに訊いた。

「詳しいことは知りません」ナバルは首を横に振った。

「ただ、宮殿におられた方が、みな捕えられ、催眠状態におかれたという報告書は目にしたことがあります。しかし、それがどなたなのかは不明です。まったくわかっていません」

「なるほど」タロスが腕を組んだ。

「となると、まずはガラモスをとっ捕まえないとだめだな。が、まずいことにあいつはジル・ピザンに移動しちまったらしい。あそこで指揮をとることになったと将校が言っていたのを、軍司令部で耳にした」

「ジル・ピザンって、テーマパークがいっぱいあるってとこだろ」リッキーが首をかしげた。

「あいつ、リゾート惑星で、なんの指揮をとるっていうんだよ」

「ジル・ピザンは、もうリゾート惑星などではありません」ナバルが叫ぶように言った。顔色が変わっている。

「あそこはいま大改造され、完全な軍事惑星と化しています」

「軍事惑星？」

「そうです。戦争のための一大拠点《きょてん》となっています」

「戦争の拠点！」

三人は絶句した。

「あそこでは巨大な戦艦がつぎつぎと建造されています。いまのジル・ピザンは悪魔の星です。兵士として国民も陸続《りくぞく》と集められ、一部は要塞化されています。ガラモスがそこに移ったということは、戦争の準備がおおむねととのったということです」

「…………」

タロス、リッキー、ガンビーノは、互いに顔を見合わせた。

戦争がはじまろうとしている。アルフィンも、そう主張していた。彼女の勘が正しかった。妄想などではなかった。

「ジル・ピザンまでガラモス狩りに行こうかと思ったが、〈ミネルバ〉一隻では無理みたいだな」

タロスがぎりっと歯を噛んだ。

「そう気落ちするな」ガンビーノが言った。

「打つ手はもうひとつある」

「俺たちだけで打てる手か？」

「たぶん可能じゃ。やり方次第ではあるが。――ナバル」ガンビーノは若い軍曹に視線を向けた。

「例の催眠電波の送信所だが、どこにあるか知っているかの？」

「あ！」声をあげたのは、タロスだった。

「ちくしょう。その手があったか」

「その手？」

リッキーには、まだガンビーノの質問の意味がわからない。

「送信所だ」タロスが説明した。

「そこを占拠して、逆暗示の電波をピザン全域に飛ばすんだ。そして、国民すべての催眠を解除する。そういう手だ」

「そうか!」

ようやくリッキーも理解した。

「どうだ? ナバル」

ガンビーノが重ねて問う。

「もちろん知っています」ナバルの瞳が鋭い光を帯びた。

「ピザンターナの西、百二十キロの場所に建設された巨大な送信所がそこです。ピザンで最初に建てられた3Dテレビの送信施設です」

「ぐずぐずしてはいられねえ」タロスは主操縦席に駆けこんだ。

「すぐに発進する。ナバルは副操縦席につけ。案内をしてもらう。リッキーは動力回路をひらけ。一気に浮上する」

「了解」

全員がいっせいに動いた。ナバルもタロスの指示に従った。

〈ミネルバ〉が海底から離れた。

海面を引き裂き、空中に躍りでた。陽光がフロントウィンドウから射しこんできた。夜が明けている。青空が目にまぶしい。日中の行動は危険だ。しかし、タロスもガンビーノも、それを意に介さない。いまは身の安全よりも、時間だ。迅速《じんそく》に動くことが、何よりも優先される。

〈ミネルバ〉は数分で送信所の上空に至った。深い森の中だ。そこに巨大なタワーが聳《そび》え立っている。

高度を下げた。送信所を目指して降下した。

「燃えている！」

最初に声を発したのは、リッキーだった。メインスクリーンに送信所の様子が大きく映しだされた。そこに浮かびあがったのは、破壊され、炎を噴きあげているビルの映像だった。

「何があった？」

タロスも呆気にとられている。

「事故だな」ガンビーノが映像を拡大させた。

「爆発のあとがある。ＶＴＯＬが墜落したらしい」

「どうする？　タロス」

リッキーが訊いた。

「ビルが破壊されていても、送信設備がおしゃかになったとは限らない」タロスは言った。

「ミサイルで外壁を崩して、内部の状況を確認してやろう」

「むちゃくちゃだね」

「うるせえ。さっさとやれ」

「はいはい」

リッキーはミサイルを発射した。建物の一角が爆発し、大きく崩れた。タロスは〈ミネルバ〉をビルに接近させる。映像でビルのフロアをひとつずつチェックする。

「おっ！」ガンビーノがスクリーンの隅を指差した。

「人がいる。あのフロアの奥だ」

映像をさらに拡大した。人の姿がはっきりと映った。ふたりだ。並んで立っている。

あれは――。

「ジョウ！」

タロスが叫んだ。

「アルフィン！」

リッキーも大声をあげた。

6

「〈ミネルバ〉だ！」

頭上の影を指差し、ジョウが言った。

輪郭でわかる。いま送信所の上空に浮かんでいるのは、間違いなくジョウの宇宙船だ。

「なぜ？　どうして？」

アルフィンは目を丸くしている。何が起きたのか、まったく理解できていない。

「ジョウ！」

手首の通信機から、声が飛びだした。タロスの声だった。

「〈ミネルバ〉、聞こえるぞ」

ジョウは答えた。

「兄貴、やっぱり無事だったんだね」声が変わった。リッキーのそれになった。

「うれしいよ。俺ら、本当にうれしいよ」

「喜ぶのはあとにしよう」ジョウが言った。

「こっちは、あまりいい状況じゃない。援護してくれ。ここから脱出する」

「オッケイでさあ」また声がタロスに戻った。

「こっちは、いったんビルの前の空地に着陸します。見たところ、ビルのまわりは殺気立った兵隊だらけって感じですな」

「全部、蹴散らしてくれ」

「やってみますよ」

〈ミネルバ〉が動いた。うねるように向きを変えた。高度を下げ、群がってきた兵士たちをビーム砲で掃討する。

ふわりと〈ミネルバ〉がビル正面の空地に着陸した。並みのパイロットが見たら、腰を抜かすような離れ技である。百メートル級の外洋宇宙船をこんな狭い場所に降ろした例はほとんどない。しかも、滑走路を必要としない垂直型ならいざ知らず、これは水平型の宇宙船である。それをホバリングでむりやりソフト・ランディングさせてしまったのだ。尋常な技術ではない。

着陸と同時に、タロスはシートから立ちあがった。

「どこへ行く?」

ガンビーノが訊いた。

「知れたこと。ジョウを救出する」

「だったら、その必要はない」

「なに?」

「タロスはナバルとここに残って援護に徹してくれ」

「どういう意味だ？」

タロスの表情が、わずかにこわばった。

「兵士の数が多い」ガンビーノはメインスクリーンを指し示した。そこには、レイガンを構えた十数人の兵士の姿がはっきりと映っている。

「これをかわしてビルの中に突っこむには、〈ミネルバ〉からの援護が不可欠じゃ。それができるのは、誰かな？　タロス、あんたひとりじゃろう」

「う」

タロスは言葉に詰まった。

「行くのは、わしとリッキーじゃ。あんたは、ここでわしらとジョウの援護をする」ガンビーノは言を継いだ。

「ミサイルとビーム砲の助けがあれば、楽勝だな。すぐにジョウとアルフィンをここに連れてきてやる」

「………」

反論できない。タロスは渋面をつくり、シートに腰を戻した。

「じゃ、行ってくるよ」リッキーが言った。

「援護を忘れないでね」

ガンビーノと並び、リッキーは操縦室から姿を消した。青白いタロスの顔が、珍しく赤黒く染まっていた。

リッキーとガンビーノが船外にでた。ハッチをくぐってタラップを駆け下り、地上に降りた。リッキーはバズーカ砲で、ガンビーノは大型の機銃で、それぞれ武装している。

レイガンの光条がふたりの周囲で錯綜《さくそう》した。

すかさず、タロスの援護がはじまった。ミサイルが射出され、爆発した。ビーム砲が兵士たちを片はしから薙ぎ倒す。

タイミングをはかって、リッキーとガンビーノは〈ミネルバ〉の蔭から飛びだした。空地を走る。めざすのはビルの車寄せだ。そこに至るまで、もう遮蔽物《しゃへいぶつ》はない。タロスの援護にすべてを委ね、ふたりは必死で空地を駆けぬけた。

転がるように、ビルの中へと入った。リッキーが牽制を兼ねてバズーカを発射する。それが玄関ホールを粉砕した。

「楽しいのお」

ガンビーノが通信機のスイッチを入れた。ジョウを呼んだ。

「ビル内部に突入したぞ」ガンビーノは言う。

「そっちはどうなっとるかな?」

「てこずっている」すぐにジョウの応答が返ってきた。

「おまえたちが派手にミサイルをぶちこんでくれたので、そこらじゅうが崩れてしまった。通路も部屋も、樹脂とコンクリートの塊だらけだ。邪魔な上に視界が悪い。おまけに、敵がいる。下に降りたいが、かなりむずかしい」

「それはたいへんじゃな」ガンビーノはほっほと笑った。

「そういうことなら、こちらから迎えにいってやろう。どのあたりにいる」

「たぶん、三階だ。敵兵士はざっと三、四十人」

「わかった」

交信を切った。ガンビーノは機銃を構え、前進した。

「上に行くぞ」リッキーに声をかけた。

「ついてこい」

ふたりは階段に飛びこんだ。駆け登り、二階に向かった。先陣をリッキーがつとめた。バズーカ砲を撃ち、強引に血路をひらく。いかにもクラッシャーらしいやり方だ。

二階を抜けた。三階へと躍りでた。

リッキーが立てつづけにバズーカ砲を放った。ガンビーノは機銃を乱射する。手榴弾も使う。逃げることを考えなければアートフラッシュも投げるところだが、いまここを火の海にすることはできない。

「きたぞ。どこじゃ」

いま一度、ガンビーノが通信機でジョウを呼んだ。

「ビーコンを送る」

ジョウが言った。電波発信だ。通信機の小さなスクリーンに光点が浮かんだ。これで、ジョウのいる場所の方角がわかる。前方右手。距離は三十メートル。


ジョウは、追いつめられていた。

まわりを完全にピザン兵に囲まれた。武器がない。機銃はとっくに弾丸が尽きた。いまは拾ったレイガンで応戦している。

「あうっ！」

アルフィンが悲鳴をあげた。機銃弾が脛《すね》に命中した。アルフィンは横ざまに倒れた。

弾丸はクラッシュジャケットに弾かれたが、ショックは吸収されない。ジョウは駆け寄り、アルフィンをかかえ起こした。

「歩けるか？」

「たぶん」

アルフィンの顔が苦痛で歪んでいた。強度の打撲だ。左足が動かない。引きずっている。

　ジョウとアルフィンに隙が生じた。その隙を衝《つ》くように、兵士たちが迫ってきた。間合いを詰め、照準をロックする。

　爆発した。兵士たちの真ん中で火球が大きく広がった。

　兵士たちが吹き飛ぶ。転がり、床に叩きつけられる。

「兄貴！」

　硝煙の奥から、リッキーがあらわれた。

　機銃が連射されている。ガンビーノの援護射撃だ。ガンビーノは少し離れたところで兵士たちを釘づけにしている。そのあいだを縫って、リッキーひとりがジョウのもとにやってきた。

「ガンビーノの背後に階段がある」リッキーは言った。「下にはほとんど敵がいない。ここさえ抜ければ、一気に脱出できる」

「オッケイ。すぐにガンビーノに合流しよう」

　ジョウはアルフィンを支え、前に進んだ。リッキーが、今度はそのうしろ側にまわる。追ってくる敵をバズーカ砲で牽制する。

　横から撃ってきた。ピザン兵の猛反撃だ。瓦礫の蔭に隠れているので、敵の姿が見えない。ジョウ、アルフィン、リッキーの足が止まった。

「急げ。ジョウ、ジョウ！」

ガンビーノが叫ぶ。あと十メートル強。階段は目の前だ。

ガンビーノが手榴弾を投げた。瓦礫の山を狙った。爆発し、瓦礫が砕けた。銃撃が熄《や》んだ。

いまだ！

ジョウは前進を再開した。行手では、ガンビーノが手を振っている。急げというしぐさだ。しかし、アルフィンはうまく足を運べない。ジョウの肩を借りて、ようやく移動することができる。

ガンビーノが立ちあがった。じれたのだろう。ジョウのいるほうへと動きだそうとした。

そのときだった。

ピザン兵の銃撃が復活した。かれらの正面には、ガンビーノがいた。

機銃弾がガンビーノを直撃する。

鮮血がほとばしった。銃弾は、無防備だったガンビーノの頭部を貫いた。顔面を朱に染め、ガンビーノがもんどりうつ。そのさまを、ジョウははっきりと目にした。全身が総毛立った。

ジョウは反転した。レイガンを乱射する。意識が真っ白だ。ただひたすらに撃ちまくる。

　そのあとは、ほとんど記憶がない。

　気がつくと、ジョウはアルフィン、リッキーとともに、階段の途中にいた。足もとに、ガンビーノが倒れている。ジョウはガンビーノの首筋に指をあてた。

　搏動がない。絶命している。

「兄貴」

　リッキーがジョウに向かって声をかけた。

「……………」

　ジョウは応《こた》えない。階段の途中でひざまずいたまま、凝固している。その横では、アルフィンが無言で滂沱《ぼうだ》と涙を流している。どちらも気抜け状態だ。何もできない。

「兄貴！」リッキーはジョウの耳もとに口を寄せ、大声で怒鳴った。

「ここにいちゃだめだ。〈ミネルバ〉に戻るんだ！」

　その一喝《いっかつ》が効を奏した。ジョウははっとしたように振り返り、リッキーを見た。それから、黙したままガンビーノをかつぎあげた。

　リッキーがアルフィンを引き起こした。バズーカ砲を投げ捨て、あいた手でアートフラッシュをもぎとる。そして、それをばらばらと四方に撒《ま》き散らした。

　送信所の外にでた。

　三人いや、四人の背後で、炎がごおと湧きあがった。

送信所が猛火に包まれた。

7

噴射を終えたカプセルは、虚《こ》空《くう》に溶けこむように闇の底へと消えていった。あと二百時間もすれば、あのカプセルは恒星ピザンに突入し、高熱のプラズマに灼《や》かれて、目に見えぬ元素へと還っていく。

カプセルにはガンビーノの遺体が納められていた。クラッシャーはむかしからこうやって仲間の死を弔《とむら》ってきた。人は死ぬと土になるが、クラッシャーは死ぬと宇宙になる。宇宙こそが、かれらの帰るべき世界だ。

ガンビーノの死は、ジョウの精神《こころ》を痛打した。

ジョウは、ひどく荒れた。そのさまは、半狂乱といっていい。〈ミネルバ〉に戻ってからは、ひたすら自分を責め、暴れた。タロスは全員の収容が完了するのと同時に、〈ミネルバ〉を発進させた。アル・ピザンの衛星軌道にのせ、それから外宇宙へと向かう。ピザン宇宙軍が追ってくるのを覚悟していたが、それはなかった。ジル・ピザンに艦隊を集結させているからだろう。

慣性航行に移り、一息ついたところで、タロスは主操縦席から離れた。

ジョウはリビングルームにいた。ほうけたように床にすわりこみ、呪《のろ》いの言葉をぶつぶつとつぶやいている。ピザンを呪い、ガラモスを呪い、自分を呪っている。

「いいかげんにしませんか、ジョウ」

硬い声で、タロスが声をかけた。

「ほっといてくれ」ジョウはつぶやくように答えた。

「すべては俺の責任だ。俺がどじを踏んだために、ガンビーノを死なせてしまった。俺は、俺自身を許すことができない」

「違いますよ」タロスはゆっくりとかぶりを振った。

「こいつはクラッシャーの宿命だ。誰の責任でもない」

「ふざけるな！」ジョウの声が高くなった。

「チームリーダーに責任がなくて、どうしてガンビーノが死ぬ。タロス、おまえは四十年もガンビーノと組んできた仲間だろう。よくそんなことを平気で――」

ジョウの言葉の最後のほうは、かすれてほとんど声にならなかった。涙が頬を伝っている。

ジョウは知っていた。ガンビーノの死を誰よりも悲しんでいるのは、タロスだ。だからこそ、タロスはこういう言葉をわざと使う。そして、ジョウを奮《ふる》いたたせようとする。しかし、わかっていても、だめなのだ。ガンビーノはジョウを助けようとして命を落とした。それは間違いのない事実だ。その事実が、ジョウを圧倒する。ジョウの心をずたずたに引き裂く。

「俺たちが、いまどこにいるか知っていますか?」

ふっと口調を変え、タロスが訊いた。

「…………」

ジョウは口をひらかない。

「俺たちはピザンの惑星軌道の内側にいます」タロスはつづけた。

「要するに、まだガラモスの縄張りの中にいるってことだ。こんなところでうろうろしていて、まだピザン宇宙軍にとっつかまったら、それこそすべてがぱあです。ガンビーノは犬死にってことになってしまいます」

「俺に、どうしろというんだ?」

ようやくジョウが言葉を返した。顔をあげ、タロスを睨むように見た。

「仕事はまだ終わってないんです。作戦を立てましょう。情報も集めました。ガラモスを倒すのは、もう不可能じゃない。ガンビーノのためにも、それを俺たちの手でなしとげるんでさあ」

「ガラモス!」ジョウの瞳に、強い光が宿った。

「そうだ。すべてのつけはガラモスにまわしてやる。あいつに、この代償を支払ってもらう。──タロス！」ジョウは叫ぶように言った。「針路をジル・ピザンに向けろ。ガラモスと、ガラモスの野望を根こそぎ叩きつぶすんだ」

「むちゃだよ。兄貴」

リッキーが言った。いつの間にか、タロスの背後にリッキーとアルフィンが立っている。ふたりとも、操縦室に留まることができず、タロスのあとを追ってきた。

「ジル・ピザンは軍事惑星に改造されてしまっているんだ。〈ミネルバ〉一隻で行ったって、何もできない。逆にこっちが叩きつぶされちゃうよ」

「ジョウ」タロスがジョウの肩に手を置いた。

「あんたは部下をひとり失っただけで、まっとうな判断をなくしちまう、そんなやわなクラッシャーだったのか」

「やめて」アルフィンがジョウとタロスの間に割って入った。

「ガンビーノはジョウの目の前で撃たれたのよ。そんなジョウに、ひどいことを言わないで！」

アルフィンは泣きだした。両の手で顔を覆い、崩れるようにひざまずいた。

「アルフィン」静かに、ジョウが言った。

「いいんだ。タロスの言うとおりなんだ」

「ジョウ」

アルフィンは首をめぐらし、ジョウを見た。

「俺はクラッシャーだ」ジョウの言葉に、少し力が戻った。

「クラッシャーはどんなときでもクラッシャーとしてふるまわなくてはいけない」

そこでジョウは、口をつぐんだ。視線を床の一点に据え、動きを止めた。何か考えているらしい。まばたきすらしない。

リビングルームが沈黙に包まれた。タロス、リッキー、アルフィン、全員がジョウを凝視《ぎょうし》している。

「！」

ふいにジョウがおもてをあげた。表情が変化している。生気がみなぎり、まなざしが異様に鋭い。

「ドル・ピザンに行く」

低い声で、ジョウは言った。

「ドル・ピザン？　放牧惑星の？」

意表を衝《つ》かれ、タロスが訊き返した。

「作戦がある」ジョウはうなずいた。

「至急、向かってくれ。すぐに行くんだ」

「作戦ですか……」

「リッキー！」タロスの返事を聞かず、ジョウは体をめぐらした。

「倉庫にまわってくれ」

「そ、倉庫？」

「パラカスだ」ジョウは言う。

「パラカスを全部、引きずりだせ。在庫すべてだ。ありったけ使う」

「ああ、うん」

　わけもわからず、リッキーはきびすを返し、倉庫に向かって走りだした。

「アルフィン！」

　ジョウの動きは止まらない。

「はいっ」

　アルフィンは直立した。

「グリュックのことを教えてほしい」

「グリュック？」

「ドル・ピザンの家畜だ。あのでかいやつ」

「え、ええ。いいわよ」

「なるほど」タロスがつぶやいた。

「少しわかってきたぜ」

にやりと笑った。

ドル・ピザンに着いた。

〈ミネルバ〉を衛星軌道にのせた。ジョウはナバルを操縦室に呼んだ。ジョウは副操縦席に入っている。ナバルはいったんメディカルルームに戻り、脳波の再検査を受けていたが、ジョウに呼ばれて、すぐに操縦室へと帰ってきた。

「これから、〈ミネルバ〉はドル・ピザンに着陸する」ナバルに向かい、ジョウは言った。

「着陸したら、あんたとアルフィンを〈ミネルバ〉から降ろす。その五時間後に、俺が下船する」

「わたしとアルフィン様が先に船から降りる？」

ナバルはきょとんとなった。

「俺とアルフィンは、ガル・ピザンでピザン解放軍というのに会った」ジョウは言を継いだ。

「農業惑星だったのが幸いして、何人かが催眠電波による洗脳を免れていたんだ。ドル・ピザンは、条件がガル・ピザンと似ている。もしかしたら、ここにもそういう人たちがいて、解放軍を結成しているかもしれない」

「それを、わたしとアルフィン様で探しだすんですか？」

「そういうことだ」

「大丈夫です」アルフィンが言った。アルフィンは、ガンビーノにかわって空間表示立体スクリーンのシートについている。

「きっと見つかります」

アルフィンは、言葉に確信をこめた。

「俺たちは何をするんです？」

タロスが訊いた。

「俺の作戦がうまくいけば、必ずすごい騒ぎが起きる」ジョウはタロスに視線を移した。

「それが起きたら、解放軍を乗せ、アル・ピザンに飛ぶんだ。そして、どこでもいいから送信設備を確保し、逆暗示をアル・ピザン全土に向かって流す」

「解放軍が見つからなかったら、どうします？」

「おまえたちだけでやってもらう」

「そいつはいいや」

タロスは喜んだ。それはそれで十分にクラッシャーらしいやり方だ。

「逆暗示の情報は？　どういう電波を、どうやって流すんだい？」

リッキーが訊いた。この質問は当然だった。ガンビーノが失われたいま、逆暗示の詳細を知る者はいない。

「ドンゴが持っている」ジョウは言った。

「解析させるため、ガンビーノはコンピュータにすべてのデータを移していた。その結果と送信手段はドンゴにインプットされた。送信設備を占拠したら、あとはドンゴにまかせるだけでいい。それでアル・ピザンは解放される」

「キャハ。オマカセクダサイ」

ドンゴが言った。

〈ミネルバ〉が、ドル・ピザンの草原地帯に降下した。ピザン宇宙軍のスクランブルはない。ガル・ピザンもそうだったが、力場チューブの存在が、各惑星の防空体制をスポイルさせている。星域外縁の防備は完璧だったが、いざ星域内部に入られてしまうと、そのほぼ無防備になってしまうと言っていい。さすがのガラモスも戦争準備が忙しく、その体制の改善までは手がまわらなかったようである。

〈ミネルバ〉が着陸した。草原は、グリュックの放牧地帯だ。草原の真ん中を走る道路の真ん中に、〈ミネルバ〉は降りた。

ナバルとアルフィンが、船外にでた。〈ミネルバ〉の周囲には、グリュックの群れがいる。放牧され、おとなしく草を食《は》んでいるが、その姿は、見るものを圧倒する。体高三十メートルの巨獣だ。実物は想像を超えて大きい。その群れの迫力に、ジョウも、リッキーも、タロスも、思わず息を呑んだ。

メインスクリーンに映っていたナバルとアルフィンのシルエットが、丈高い草の中に沈み、消えた。

きっかり五時間後に、ジョウが地上に降りた。クラッシュパックを背負い、手にはパラカスのカプセル五百本を詰めこんだトランクと、大型の機銃を持っている。

ジョウは南西に向かった。そこにジル・ピザンに至る力場チューブのプラットホームがあった。

第五章　野望の終焉

1

グリュックの群れの中に、ジョウはいた。恐ろしく広い草原のただなかにいるのだが、そういう気がほとんどしない。グリュックが、あまりにも大きいからだ。異形の高層ビル群に囲まれているかのような錯覚《さっかく》さえおぼえる。

ジョウは時計を見た。〈ミネルバ〉を離れてから一時間近くが過ぎた。重要なのは、タイミングである。時間がずれたら、作戦は成功しない。ただの空振りで終わってしまう。これは、それほどに微妙なオペレーションだ。

ジョウはグリュックの群れに近づいた。おとなしい動物だとは聞いているが、しかし、接近には勇気が要《い》る。

ライフルを構え、目印になりそうな数頭を選んで電波発信機を射ちこんだ。群れの外側にいるグリュックの後肢《こうし》を狙った。この電波を頼りに、タロスがミサイルを放つ。そういう手筈《てはず》になっている。

事前準備が完了した。ジョウは前に進んだ。群れから少し離れた場所にいる一頭のグリュックに目をつけた。あれがいい。絶好の位置にいる。

グリュックの足もとに駆け寄った。グリュックがジョウを見た。が、なんの反応も示さない。鳥の翼のように大きく広がった耳、つぶれて丸い鼻、横に平べったい口。あまり美しい家畜ではない。しかし、気性が穏やかというのは本当だ。ジョウが武器を構えて近づいていっても、それを気にする様子はまったくない。悠然と草を食べている。

グリュックの真下に、ジョウは入った。眼前に左後肢がある。褐色の肌に、灰色のぶちが散っている。体臭はそれほどでもない。干草《ほしくさ》のような匂いが漂っている。

ジョウはトランクとライフルを地面に置き、クラッシュパックからロープを取りだした。そのロープで、トランクとライフルを縛った。ロープの一端は、自分の腰に巻きつけた。

グリュックに登る。左後肢にとりつき、木登りの要領で、ジョウはグリュックのからだを登りはじめた。グリュックの脚は巨大な円筒だ。直径は五メートルほどもある。表面に細かい体毛が密生しているので、それをつかんだ。

数分で、グリュックの背中に至った。ビルの屋上にたどりついたという感じである。

ロープでトランクとライフルを引き揚げた。ジョウはグリュックの尻の上あたりに腰をおろし、トランクの蓋《ふた》をあけた。

パラカスのカプセルを取りだす。パラカスは強力な昂奮剤だ。カプセルは銃弾として使用できる。

ライフルの弾倉に、カプセルをセットした。もう一度、時間を確認する。順調だ。遅れはない。

離れた位置にいるグリュックから標的にすることにした。

ライフルを構えた。照準をロックした。これほどの大型獣であっても、パラカスはおよそ十五分で効果を発揮する。勝負は、その十五分だ。安全をみて十二、三分というところか。そのあいだに、撃てる限りのパラカス弾を撃つ。

トリガーボタンを押した。命中した。距離は遠いが、的が大きい。その巨体のどこかに当たれば、それでいい。

ジョウはつぎつぎとグリュックを撃った。機械的に、黙々と撃ちつづけた。

十二分があっという間に過ぎた。最初にパラカスを射ちこんだグリュックの挙動に変化が生じた。全身を揺すり、その場で後肢を跳ねあげようとしている。

時間だ。時間がきた。残っているパラカスはわずかに二十本余り。四百数十頭のグリュックにパラカスを命中させた。十分な頭数である。

最後に、ジョウは自分が乗っているグリュックの背中にパラカスを射ちこんだ。それから、通信機をオンにした。

「オッケイ。予定どおりやってくれ」

短く言った。

きっかり一分後。

ミサイルが飛来した。弾頭はダミー弾だ。花火同然の代物《しろもの》である。

そのミサイルが、グリュックの群れの周囲に落下した。

爆発する。火花が散る。音も高く響く。しかし、破壊力はほとんどない。

グリュックの群れが騒ぎはじめた。気を昂《たかぶ》らせ、鼻息が荒くなった。パラカスの薬効だ。その成分が、グリュックを極限にまで昂奮させる。

群れが動いた。ミサイルの爆発がかれらを激しく追いたてた。ミサイルは連続して落下し、爆発する。グリュックは反射的に逃げる。ひどく昂奮しているので、判断力がない。ただひたすらに逃げる。

グリュックが走りだした。恐怖と驚愕《きょうがく》が、群れ全体に広がり、かれらを一気にパニックへと陥れた。

群れのスピードが増す。それに応じて、爆発がつづく。群れは、ある方向へと誘導されている。ミサイルの着弾位置を伝えているのは、電波発信機とジョウの無線指示だ。

それを受けて、タロスはミサイルの落下地点を微調整する。

集団暴走になった。グリュックの群れはひとかたまりになり、草原を疾駆した。昂奮剤で意識は混乱し、完全な暴走状態である。牛の群れでいうスタンピードだ。誰にも止められない。どこまでも、グリュックの群れは突っ走っていく。

ジョウはグリュックの背中にしがみつき、前方に目をやった。

プラットホームがあった。そこにもう力場チューブが発生しはじめている。時間は完璧に合致した。数秒のずれもない。

ミサイルが、群走するグリュックの流れをととのえた。この射撃もひじょうに正確だ。狂乱するグリュックもすぐ横で爆発が起きたのでは、その動線からそれるわけにはいかない。自然にプラットホームへと導かれていく。

最初の一頭が、プラットホームに乗った。巨大な体軀である。それが軽々とプラットホームの上に飛びのった。

グリュックの姿が掻き消すように失せた。プラットホームに乗った一頭だ。力場チューブに吸いこまれた。

つぎつぎとグリュックがプラットホームに乗る。そのグリュックが、またつぎつぎと消えていく。途切れることがない。

ジョウがしがみついているグリュックも、プラットホームに飛びあがった。

浮遊感覚がきた。グリュックはジョウもろとも力場チューブに入り、空中に舞いあがった。

力場チューブが揺れた。不可視の力場が、暴れまわる巨大な質量を吸収し、激しく振動している。

一息ついてから、ジョウは、周囲を眺めた。力場チューブは、もうドル・ピザンを離れたはずだ。何頭が力場チューブに飛びこんだのかを確認しなければならない。

ざっとかぞえて、二百頭までいった。思ったよりも多い。パラカスを射ちこんだうちの半数ほどが力場チューブに入った。これだけいれば、作戦は必ず成功する。

行手にジル・ピザンが見えてきた。軍事惑星が、見る間に近づいてくる。出現するプラットホームの位置も、ジョウにはわかっている。それも計算した。当該プラットホームは、ジル・ピザン最大の宇宙港に隣接して設けられている。他国から宇宙船で訪れた観光客が、ピザンの各惑星に容易に移動できるよう配慮して設置されたプラットホーム。

それがかれらの到達地点だ。

プラットホームが眼下にあらわれた。グリュックの昂奮はまったく鎮《しず》まっていない。それどころか、かつて味わったことのない感覚にいっそう心を昂らせ、猛《たけ》り狂っている。

グリュックの群れが、プラットホームに突入した。巨獣の大暴走は、その勢いをいっさい失わないまま、ジル・ピザンに至った。

プラットホームがつぶれ、崩壊した。

宇宙港に警報が鳴り渡った。敵襲を知らせる警報だ。

ジル・ピザンを軍事惑星に改造することを命じたガラモスも、それを実行した設計者たちも、改造後のジル・ピザンに攻めこみ、なんらかの破壊的効果をあげるには、少なくとも宇宙戦艦の大艦隊による一斉攻撃が必要とされると考えていた。が、それは誤りであった。ジル・ピザンを壊滅させるのに科学的兵器は何も必要としなかった。むろん、力場チューブは要る。それがなければ、この戦法はありえない。力場チューブは、グリュックという名の究極兵器を運ぶ最高の通路だった。

その究極兵器の大暴走が、いまジル・ピザンに放たれた。

グリュックはジル・ピザンを破壊する。ビルを砕き、道路を踏みつぶす。木々が薙ぎ倒され、車輛が蹴散らされる。

武装した装甲車が、グリュックを迎え撃った。数十輛という大部隊が進路に立ちはだかり、砲撃を開始した。しかし、グリュックのスタンピードの前では、装甲車は無力な弱者の集団でしかない。瞬時に蹂躙《じゅうりん》され、全滅した。暴走するグリュックは、最強の地上兵器だ。阻止する手段はどこにも存在しない。

グリュックの群れは、宇宙港へとなだれこんだ。この動きは偶然だったが、ジョウの立て意図には完璧にかなっていた。ジル・ピザン駐留軍を混乱させる。それがジョウの立てた作戦の要諦《ようてい》だ。そのために、グリュックを暴走させ、ジル・ピザンに送りこんだ。こうなることをジョウは望んでいた。

ジョウを乗せたグリュックが、宇宙港の離着床に入った。躍りこみ、グリュックは宇宙船に巨体を叩きつけた。離着床に並んでいるのは、小型のシャトルばかりだ。グリュックの体当たりをくらっては、ひとたまりもない。シャトルは横倒しになり、爆発した。その炎と爆風が、さらにグリュックの昂奮をあおった。

ジョウは宇宙港の様子を確認した。完全に軍港と化している。それは情報どおりだ。戦艦が建造されているのは、衛星軌道上のドックである。ここは、そのドックに至るための中継基地となっている。

が。

その中継基地の中で、見慣れぬものをジョウは目にした。

中型の外洋宇宙船だ。二百メートル級といったところだろうか。垂直型で、富豪のプライベート・シップのように外見が飾りたてられている。白い船体に黄金の装飾。船体には、何かの紋章らしき図形も描かれている。

その宇宙船に乗りこもうとしている人びとがいた。

離着床にでてきたばかりなのだろう。何十人という兵士がきれいに整列している。その前に数人の男女が立っている。中心のひとりがやたらと目立つ。ジョウはクラッシュパックから双眼鏡を取りだし、それを目にあてた。拡大された視界の真ん中に、男の姿を入れた。

背が高い。二メートル二、三十センチくらいはある。タロスよりも頭ひとつ大きい感じだ。金モールを施した純白の軍服を着ており、真紅のマントを背中にひるがえらせている。

男の視線が、ジョウのそれと合致した。むろん、男にジョウの顔は見えない。しかし、その双眸《そうぼう》は、ジョウを射すくめるかのように炯炯《けいけい》と光っている。広い額。薄い眉。鋭く細いまなざし。高い鼻。削ぎ落とされたようにこけた頬。肉の薄い唇。

ジョウの背すじが一瞬、冷えた。

ガラモスだ。

ジョウは直感した。

2

ガラモスが宇宙船に乗り、どこかに行こうとしている。

ジョウは幸運に感謝した。あの船はガラモスの専用機だ。いまおこなわれているのは搭乗セレモニーである。間違いない。

反射的にジョウは動いた。手榴弾を握った。ピンを外し、それを自分の乗るグリュックの右手後方に投げた。

手榴弾が爆発した。強い衝撃波を浴び、グリュックは進む方向を変えた。白い中型宇宙船の離着床へと、頭を振った。

グリュックが突進する。離着床に林立するシャトルを跳《は》ねのけ、ガラモス専用機に向かって全速力で疾駆する。

兵士たちが、グリュックに気がついた。ガラモスも首をめぐらした。体高三十メートルの巨獣が自分めがけて突っこんでくる。

制止できないことは、一目でわかった。となれば、とる道はひとつしかない。

ガラモスは宇宙船のエスカレータ・タラップに飛びこんだ。その上昇する階段を駆け登った。

宇宙船に入った。乗船ハッチが閉じた。

グリュックが迫る。ジョウはライフルを構えた。ガラモスを狙おうとした。しかし、照準が定まらない。グリュックの上下動がひどい。

宇宙船が発進した。兵士たちは、地下へと逃げた。噴射炎が離着床を灼く。轟音が大地を揺るがす。

グリュックが、また向きを変えた。離陸する宇宙船は、狂乱のグリュックにとっても、近づきたい相手ではない。

「ちっ」

ジョウはロープを手に、グリュックの背中から飛び降りた。ロープの端は粘着剤でグリュックの皮膚に固定してある。三十メートルを一気に落下した。地上に叩きつけられる寸前、伸びきったロープがジョウのからだを宙に浮かせた。

ロープから手を放し、ジョウが着地する。

ジョウは左手横に走った。四十メートルほど先に離着床があった。そこに小型の宇宙戦闘機が駐機している。あたりに人影はない。

ジョウは宇宙戦闘機に乗った。〈ミネルバ〉を攻撃したのと同じ銀色の機体だ。外洋宇宙船ではないが、惑星間航行くらいなら十分にできる。

発進させた。

追わねばならない。

ガラモスを。

三次元レーダーに、ガラモス専用機が映っていた。行先は、まだ判然としない。が、内惑星に向かっていることだけはたしかだ。これは外洋にでるコースではない。

予定を変更しているな。

ジョウは、そう思った。ガラモスを追うジョウの機体は、当然だが、ガラモス専用機に捕捉《ほそく》されている。おそらくガラモスはジル・ピザンの衛星軌道上にある戦艦の建造ドックに赴《おもむ》くことにしていたのだろう。しかし、そこで突発事態が起きた。グリュックのスタンピードだ。それを逃れ、からくも宇宙船を発進させたが、正体不明の何ものかが宇宙戦闘機を奪い、追跡をはじめた。となれば、そのまま建造ドックに行くのは危険だ。敵を自身の懐《ふところ》に呼びこむようなものである。やむなく、行先を変更した。

ジョウは、一定の距離を保ってガラモスを追った。加速能力はもちろん、ガラモス専用機のほうが上だが、最高加速で振りきろうとする様子はない。慣性航行で進んでいる。追跡は簡単だ。

十五時間が経過した。ここに至って、ようやく軌道計算が可能になった。ガラモスはアル・ピザンに向かっている。ジル・ピザンからもっとも遠い惑星だ。ただアル・ピザンに行くだけなら、どこか手近な惑星に着陸し、そこから力場チューブで移動したほうがはるかに速い。ところが、ガラモスはそれをせず、宇宙船でアル・ピザンに行くことにした。ジョウの宇宙戦闘機が背後についたからだ。ガラモスは、ピザンには自分の敵がいないと思っていた。いても、ささやかな解放軍程度だ。そう考えていた。にもかかわらず、あちこちで予期せぬ事件が起きた。得体の知れぬクラッシャーがピザン星域に侵入し、宇宙軍と交戦した。つぎにゲル・ピザンで力場チューブのプラットホームが襲われた。そのとき力場チューブの発生リングも一基、破壊された。アル・ピザンでは捕虜としたクラッシャーを名乗る三人組が脱走し、3Dテレビの電波送信所を瓦礫に変えた。ガル・ピザンでは解放軍と称する非洗脳者たちが、暴動を起こした。この暴動の蔭にも、謎のクラッシャーの一群の姿が見え隠れしている。

そして、今回のグリュックによるジル・ピザンへのテロだ。数百頭にも及ぶ巨獣グリュックの暴走に遭《あ》い、重要な中継基地としていた宇宙港が潰滅《かいめつ》した。ガラモスもセレモニーを中断させられ、あたふたと宇宙船でジル・ピザンから離れざるをえなくなった。こんな失態は、はじめてである。かれ自身の権威にも影響する。

敵の正体を探らねばならない。

ガラモスは決断した。そのために、時間を敵に与えた。ゆっくりとアル・ピザンに向かう。そのあいだに、敵がどう動くのかを見る。

ジル・ピザンを発《た》ってから四十二時間後。

ガラモス専用機は、アル・ピザンの周回軌道にのった。

「ピザンターナ宇宙港に降りる」

ジョウは確信した。思いもよらずガラモスに遭遇し、ついにまたアル・ピザンに戻ってきてしまった。ガラモスは首都ピザンターナに入るつもりだ。間違いない。どのような意図があるのかは不明だが、宇宙港に着陸するのなら、ジョウにも攻撃のチャンスがある。ここで一気に彼我《ひが》の距離を詰め、専用機に接近する。そして撃墜する。困難な作戦だが、絶対に不可能というオペレーションではない。

アル・ピザンに到達したジョウは、周回軌道にのったガラモス専用機を無視して、機体を降下させた。目標地点はピザンターナ宇宙港だ。そこでガラモス専用機とクロスする。

戦闘機が水平飛行に移った。大気を切り裂き、ピザンターナ宇宙港をめざす。すべては賭けだ。ガラモスの目的地がジョウの予測と異なっていたとき、ジョウはこの賭けに敗れる。

宇宙港が見えた。戦闘機がビーコンをキャッチした。と同時に、レーダーに光点が入った。何かが上空から降りてくる。高度を下げ、ジョウの機体に近づいてくる。

この反応は。

ガラモス専用機。

ジョウは戦闘機を攻撃モードに切り換えた。ミサイルとレーザービームを制御するトリガーレバーがコンソールに跳ねあがった。ジョウは両の手で、それを握った。

ガラモス専用機がくる。ジョウはまっすぐに突っこんでいく。勝負は一瞬だ。この小型戦闘機一機では、二度のチャンスはない。一撃でメインエンジンを撃ちぬく。

照準をロックした。トリガーボタンに指をかけた。射程距離内に到達した。

トリガーボタンを押した。

ミサイルが飛びだす。レーザービームがほとばしる。

間髪を容《い》れず。

反撃がきた。ブラスターだ。ガラモス専用機が撃った。ジョウは回避行動をとる。戦闘機が大きく弧を描いて反転する。

ブラスターがジョウの機体をかすめた。すさまじいエネルギーの火球だ。

衝撃がジョウのからだを激しく突きあげた。警報が鳴り響き、コンソールのスクリーンにワーニングが表示された。エンジン出力がいきなり低下した。

ジョウのミサイルは？

ヒットした。ガラモス専用機の船腹に命中した。爆発し、船体外鈑《がいはん》の一部を吹き飛ばした。しかし、ダメージは小さい。見た目は中型宇宙船だが、装甲は戦艦並みになっている。

ジョウは予備エンジンに点火し、機体の安定をはかった。高度が急速に落ちている。ガラモス専用機からかなり離れた。専用機はピザンターナ宇宙港に向けて、着陸態勢に入ろうとしている。

ジョウは、いま一度、機体を旋回させた。無理はわかっている。だが、はっきり無理とわかっていても、ガラモスにもう一太刀を浴びせたい。

間合いを詰めた。反撃は覚悟している。相討ちでもいい。ここは強引に突入する。

ジョウはトリガーレバーを握り直した。

照準を再ロックしようとする。

そのときだった。

いきなりガラモス専用機の船体尾部が爆発した。

炎が噴出する。船体が裂け、ちぎれ飛ぶ。

「なに?」

ジョウの動きが止まった。自分が撃ったわけではない。誰かがどこかから、ガラモス専用機を攻撃した。

三次元レーダーを見た。新しい光点があった。上だ。ジョウの頭上に、宇宙船がもう一隻いる。

ガラモス専用機が、墜落した。地上に激突する直前に、小さなカプセルが船体から飛びだした。脱出用の小型ポッドだ。ガラモスはあれに乗っている。ジョウは追いたいと思った。が、できない。戦闘機の反応が鈍くなっている。ダメージが推進システムの管制装置に及んだ。エンジンの出力は、さらに落ちている。いまはただ飛んでいるだけで精いっぱいだ。

「ジョウ! ジョウなんでしょ!」

ふいに通信機から声が飛びだした。

この声は。

「アルフィン？」

「そうよ」

アルフィンが答えた。

「俺らもいるぜ」

リッキーの声がアルフィンのそれにかぶさった。

「俺もですよ」

タロスが言った。

〈ミネルバ〉だ。どこかに〈ミネルバ〉がいる。

あっと思った。キャノピーごしに、ジョウは頭の上を見た。

そこに〈ミネルバ〉が浮いていた。それで、すべてがわかった。ガラモス専用機を撃墜したのは〈ミネルバ〉だ。

「おまえたち、どうして？」

ジョウには、そのいきさつが理解できない。

「いま、アル・ピザンに着いたとこなんですよ」タロスが言った。

「ドル・ピザンの解放軍が一緒です」

「降下してきたら、地上近くで熱エネルギー反応があったの」アルフィンの声が割りこんだ。

「それでこっちにきてみると、戦闘機が宇宙船を攻撃している。なにごとかと思って、映像を拡大したら、キャノピーの中のジョウがスクリーンに大写しになったのよ」

「俺ら、びっくらこいたぜ」

リッキーがつづける。

「それで、あのガラモス専用機にミサイルを撃ちこんだってわけか」

ジョウが言った。

「ガラモス専用機？」

タロスの声が裏返った。

「そうだ。あれにガラモスが乗っていた。だから、俺は攻撃を仕掛けた」

「ちきしょう！」タロスがくやしがった。

「そいつを知っていたら、あと五十発くらい撃ちこんでやったのに」

「まったくだ」

ジョウはうなずいた。うなずいたとたんに、ぐらりと機体が揺れた。

あっと思う間もない。

エンジンがストールした。限界がきた。出力がゼロになった。

墜落する。この戦闘機は、もう飛んでいられない。

「ジョウ！」

失速するジョウの機体を見たアルフィンの絶叫が、甲高く響いた。

ジョウは機体から脱出した。キャノピーが吹き飛び、シートごと、ジョウのからだが機外に射出された。

ジョウはハンドジェットを背負っていた。機内にあったパイロット用の備品だ。ノズルに点火し、ジョウは空中で体勢をととのえた。

ゆっくりと降下する。

眼下で、戦闘機が大地に突っこんだ。燃えあがり、炎を高く噴きあげた。

「すぐに拾ってあげますよ」

タロスの声が、通信機から聞こえた。

3

「すると、ドル・ピザンの解放軍は十四人だったということか」

ジョウが言った。

「そうです。接触は予想以上にスムーズに行きました」ナバルが答えた。

「これも、ジョウが派手に暴れてくださったおかげです。なにごとが起きたのかと、かれらがプラットホームに向けて送りだした偵察隊とうまく遭遇できたのです」

〈ミネルバ〉は地上に降下したジョウをワイヤーとフックで回収し、首都ピザンターナから九キロほど離れた丘陵地帯の窪地に着陸した。着陸と同時に、擬装網を船体にかけ、〈ミネルバ〉を窪地の底に隠した。いまは、その船内の一室で作戦会議をおこなっている。

「紹介します」アルフィンが横から言った。

「隊長のバーレル。グリュックの牧童頭のおひとりです」

陽焼けした若い男を、アルフィンは自分の前に押しだした。二十五歳前後だろうか。髪を短く刈りあげていて、いかにも純朴な雰囲気を漂わせている。

「アルフィン様にお会いしたときは、本当にびっくりしました」バーレルは言った。

「まさかご無事でおられたとは、夢にも思っていなかったので」

「すでに作戦ができている」ジョウが言った。

「力を貸してもらえるだろうか？」

「もちろんです。われら十四人、命懸けでやります」

バーレルは強くうなずいた。

「あなたがたには、リッキー、ナバルとともに、逆暗示電波を流すことのできる送信所を探してもらいたい」ジョウはつづけた。

「タロスはこのままアルフィンと〈ミネルバ〉に留まり、リッキーからの報告を待つ。そして、発見の報があったら、すぐに〈ミネルバ〉で急行し、そこを占拠して電波を発信する」

「ジョウは、どうするんです？」

アルフィンが訊いた。口調が王女のそれに戻っている。

「俺はガラモスと決着をつける」

「ひとりで行くんですかい？」

タロスが眉をひそめた。

「ひとりで十分だ」ジョウはきっぱりと言った。

「多人数では目立つ。ひとりで行き、ガラモスとの直接対決を狙う」

「行くって、どこへ？」

リッキーが首をかしげた。ガラモスは、たしかにアル・ピザンにきた。小型ポッドで専用宇宙船から脱出した。が、そのあとどこに向かったのかは、まだ判明していない。

「俺は王宮に行くつもりだ」ジョウは壁にはめこまれたスクリーンを示した。そこにピザンターナの市街図が映しだされている。

「たしかに、ガラモスがどこへ行ったのかは未だにわかっていない。しかし、ピザンターナには王の宮殿がある。俺がガラモスなら、そこを自身の居館とする。そうでないと、おのれの権威を保つことができない」

「本当に王宮に行くんですか？」

ジョウに視線を向け、アルフィンが訊いた。

「そうだ」

「でしたら、あたくしも一緒に行きます」

「なに？」

「王宮には、あたくしも行きます」

アルフィンは繰り返した。声に力がある。強い意志がみなぎっている。

「むちゃだ」ジョウはかぶりを振った。

「アルフィンは顔を知られている。王宮どころか、ピザンターナ市街に入るだけでも大きな危険が伴う。同行を許すことはできない」

「いいえ」アルフィンは譲らなかった。

「何があろうと、あたくしは行きます。王宮は、あたくしが生まれ育った場所です。知らないことはひとつもありません。間取りも、道も、もちろん、市街から宮殿内部に通じる抜け穴も……」

「抜け穴？」

ジョウの眉が、ぴくりと跳ねた。

「王女ということで、ずうっと王宮に閉じこめられているのは我慢できません。あたくしだって、外の世界が見たい。自由に街を散策したい。そう思うことがあります」

「わかるよ、それ」リッキーが言った。

「だから、抜け穴をつくっちゃうんだよな」

「それにもうひとつ」

アルフィンは、視線を伏せた。

「もうひとつ？」

「王宮に行けば、おとうさまとおかあさまの消息がわかるかもしれません」

消え入るような声で、アルフィンは言った。

「そうか。国王と王妃の行方がまだ判明していない」

タロスが言った。

「お願いです」アルフィンは、ジョウをまっすぐに見た。

「あたくしも連れていってください」

これでは、ジョウも拒否することができない。

「しょうがないね」肩をすくめ、リッキーが言った。

「どうせ危険なことをやるんだ」

「少し危険が増えても大差ないということか」

ジョウは苦笑するように笑った。

つられて、リッキーも、タロスも、ナバルも、バーレルも笑った。アルフィンもくすりと微笑んだ。

「すぐに行動を開始する」笑いが鎮まるのを待ってから、ジョウが言った。

「俺たちは圧倒的に少数だ。ガラモスにしてみれば、とるに足らない人数でしかない。しかし、俺たちには策がある。逆転を実現させる強力な作戦がある。絶対に成功させよう」

「…………」

一同がいっせいにうなずいた。

「ガンビーノの魂に誓って」ジョウは天を振り仰いだ。

「俺はガラモスを倒す」

首をめぐらした。

「行くぞ！」

鋭く言った。

タロスとリッキーは、ドル・ピザンでいろいろなものを調達していた。エアカー、ホバーバイク、いくらかの武器。搭載機を失ったため、格納庫には余裕がある。解放軍に提供された車輛や機材をごっそりと詰めこんだ。

ジョウはホバーバイクで、ピザンターナに向かった。ピリオンシートにはアルフィンが乗る。もちろん、クラッシュパックやレーザーライフルも載せた。リッキーと解放軍は、数台のエアカーに分乗して〈ミネルバ〉から離れた。かれらも武器を満載している。

夕刻。ジョウとアルフィンはピザンターナの郊外に着いた。人目につくのを避けるため、そこでホバーバイクを捨てた。クラッシュパックを背負い、徒歩で市内に入った。

町なかを散策して、ジョウとアルフィンは陽が落ちるのを待った。ピザンターナ市内は予想以上に市民でにぎわっていた。街路には人が行き交い、歓声や笑い声が、そこかしこであがっている。どこにでもある、ごくふつうの街の光景だ。催眠電波による暗示の効果を知らなければ、とてもここにいる人びとがガラモスの操り人形になっているとは思えない。

「背すじが寒くなる」つぶやくようにジョウが言った。

「俺が一言、ガラモスは敵だと叫んだら、あのにこやかな人たちが一瞬で殺人者にかわる。俺を襲い、殺そうとする」

「…………」

アルフィンは言葉がない。ピザンの惨状に、口をひらくことができない。

ややあって。

太陽が沈んだ。町並みが闇に包まれた。

人影が消えていく。潮が引いていくかのように、人びとが家に戻っていく。そのようにコントロールされているのだろう。夜間に市街をうろつくのは、武装した兵士か、洗脳を免れている敵対者だけだ。そのようになる。

ふたりは、宮殿へと急いだ。アルフィンが巧みに裏道を選び、誘導していく。

ひとけのない、公園らしき広場を横切った。照明が暗く、闇が深い場所だ。宮殿の裏手らしい。堀がある。

「すごいところから入るんだ」

ジョウが言った。

「ここで生まれて育ったのよ。隅々まで熟知してるわ」

「抜け穴って言ってたな、このあたりにきみが掘ったのか？」

「少し違うわ」アルフィンは答えた。

「ちょっとしたミスがあったの。それで、簡単に通れるところができてしまった。それが抜け穴よ」

堀を飛び越え、灌木の茂みを抜けた。警報装置があるはずだが、アルフィンの進むルートでは、それがまったく作動しない。監視システムの盲点といった感じだ。通常は、見つけたらシステム管理者に報告するケースである。しかし、アルフィンはそれをしなかった。自分が利用したいと思ったから。

「ここよ」

アルフィンがジョウを制した。ふたりの足が止まった。

アルフィンが正面を指差している。そこに特殊合金でつくられた壁がある。表面がつるつるに磨きあげられていて、手懸りになりそうな凹凸は、どこにもない。高さは優に十メートル。これが王宮全体を完全に囲んでいる。

「ここを登るのよ」

こともなげに、アルフィンが言った。

「電磁シールドが張られているような気がする」

ジョウが言った。

「そう」アルフィンはうなずいた。

「二百万ボルトって聞いてるわ」

「ナイスな調理器具ってやつだ」

「でも、ここだけはそうじゃない」アルフィンは言を継いだ。

「この位置から左右二メートルは、電磁シールドが切れてしまってるの。むかし、あたしが遊んでいて、壊しちゃったから」

「どうやって？」

ジョウの目が丸くなった。

「それは秘密」アルフィンはウインクをした。

「とにかく壊れて修理したんだけど、そこで担当者がミスをしたの。だから、ここはいつまでも電磁シールドが切れたまま。それなりの道具さえあれば、誰でも出入りできてしまう」

「いい話だ」ジョウは両手を横に広げた。

「それを信じて、登りましょう」

クラッシュパックを背中から降ろした。フックとロープのアタッチメントを取りだし、ライフルに装着した。狙いをつけ、フックを発射する。くぐもった音とともにフックは宙を飛び、壁の向こう側へと消えた。

ロープが壁に接触する。が、何も起きない。本来ならば電磁シールドが反応し、火花が飛ぶ。警報が鳴る。アルフィンの言うとおりだ。たしかにここは電磁シールドが切れている。

「オッケイ」

ジョウは背後を振り向き、拳を握って親指を立てた。アルフィンもにっこりと微笑み、同じしぐさでジョウに応えた。

4

王宮の裏庭に、ジョウとアルフィンは降り立った。

真っ暗闇だ。さっきの公園よりも周囲は暗い。だが、アルフィンはハンドライトもつけず、どんどん前に進んでいく。

「どこへ行くんだ？」

ジョウが訊いた。

「しっ」アルフィンはジョウを叱責《しっせき》した。

「このへんには盗聴機があるかもしれないわ。大きな声をあげちゃだめ」

「わかった」ジョウは声を低めた。

「それで、どこに行こうとしているんだ？」

「王宮の執務室よ」アルフィンも囁《ささや》くように答えた。

「ガラモスがいるとしたら、そこか、寝室以外に考えられない。でも、寝室は行くのに時間がかかるから、まず執務室に行ってみるの」

「セオリーどおりだな」

「でしょ」

「しかし、その前にやっておきたいことがある」

「え？」

「逃げるための準備さ」ジョウは言った。

「忍びこむときの常識だ。入るときに、でることも考慮する。あちこちにかんしゃく玉を仕掛けておき、あとで追っ手をまくのに使う」

「セオリーどおりね」

アルフィンはうなずいた。ジョウの言葉をまねた。

ジョウは、またクラッシュパックをあけた。

およそ一時間後。

ふたりは王宮の外壁に取りついていた。アルフィンの案内はほぼ完璧だった。警備兵にもほとんどでくわさない。ジョウはひとりの兵士を眠らせるだけで、ここに至ることができた。

「あそこよ」

アルフィンが二階の窓を指し示した。ふたりは、からだに巻きつけた粘着テープで、壁に貼りついている。両腕の肘と両脚の膝。その四か所のテープだけで、体重が支えられている。

ジョウは、外壁をななめに移動し、窓の横へと進んだ。アルフィンも、そのあとにつづいてくる。大きな窓だ。ジョウは慎重に、内部を覗きこんだ。

「！」

背すじがぴくりと跳ねた。誰かがいる。執務室に人影がある。ジョウは瞳を凝《こ》らした。影はひとつではない。ふたつだ。

部屋の隅のほうに、ふたりの人間が並んでいた。ひとりは男。もうひとりは女だ。男はガラモスではない。もっとずっと小柄だ。年齢は四十代の後半あたりか。ガラモスよりも、少し年長である。

誰だろう？

ジョウはいぶかしんだ。ガラモスによって占拠された王宮の執務室にガラモス以外の人間がいるというのは、あまりにも不可解だ。ありえることではない。しかも、男女のふたり組である。

「どうしたの？」

アルフィンがきた。ジョウの下にもぐりこみ、首を伸ばして、室内を見た。

「あっ」

小さな叫び声がアルフィンの口から漏《も》れた。顔色が大きく変わった。

「おとうさま！」鋭く言う。

「おかあさま！」

「なに？」

ジョウは反射的に腕を突きだし、アルフィンの口をふさいだ。こんなところで、大声をあげられては困る。間違いなく警報装置にひっかかる。

しかし、アルフィンはジョウの手を振りほどいた。そして、ヒートガンを取りだした。外壁を登る前に、ふたりはそれぞれの武器を腰のホルスターに納めた。ジョウはレイガンを持ち、アルフィンはヒートガンを帯びた。そのヒートガンを、アルフィンは抜いた。

窓ガラスを狙い、アルフィンはトリガーボタンを押した。ジョウが止める間もない。

一瞬の出来事だ。

炎がガラスを灼いた。ガラスは赤く融け、崩れるように流れ落ちた。

穴があく。アルフィンはその中に飛びこんだ。

「おとうさま！　おかあさま！」

執務室の床に、降り立った。体勢も立て直さず、ふたりに向かって、つんのめるようにアルフィンは走った。

ふたりの男女が、アルフィンを見た。なにごとかと茫然としている。その風貌、姿、たしかにハルマン三世と、その王妃エリアナである。相違はない。

ふたりは、とつぜんあらわれた少女が、自分の娘であることを知った。

「アルフィン！」

ハルマン三世が言った。

「無事でしたの？」

エリアナの目は、限界にまで大きく見ひらかれている。

「よかった」

アルフィンは涙を流し、ふたりの前に駆け寄った。ハルマン三世とエリアナは、娘をひしと抱きしめた。

「やれやれ」

ジョウがきた。こうなっては仕方がない。ジョウも執務室に入った。が、油断はしない。これは、明らかにへんだ。こういうことが起きるはずがない。クラッシャーとしてのジョウの勘が、そのように告げている。

ジョウはレーザーライフルを構え、周囲を見まわした。十数メートル四方はある広い部屋だ。ぶ厚い絨緞《じゅうたん》に、豪華なシャンデリア。調度はすべて天然木の手づくりである。ひときわ目立っているのは、中央窓よりに置かれた巨大な執務机だ。国王と王妃は、その向こう側にいた。そして、その横には、ソファベッドがふたつ据えられている。この部屋の雰囲気にそぐう家具ではない。おそらくあとで運びこまれたものだろう。これだけを見れば、ここに監禁されていた可能性もでてくる。だが、虜囚《りょしゅう》を執務室に監禁しているというのは、おかしい。どうにも解せない。

けた。

「ジョウ」

ふいに名前を呼ばれた。アルフィンだ。うしろを振り向き、ジョウに向かって声をか
けた。

「こちらにきてください」

アルフィンは言う。また、口調が王女のそれだ。絨緞の毛足が長く、足が沈んで歩きにくい。

ジョウはハルマン三世の前に立った。アルフィンはハルマン三世に向き直った。

「おとうさま」アルフィンは言う。

「こちらがクラッシャーのジョウです。あたくしを助けてくださり、ガラモスの野望阻止のために尽力《じんりょく》していただいています」

「そうですか」ハルマン三世は微笑んだ。

「ありがとうございます。ピザン国民にかわって、お礼を述べさせていただきます」

ジョウのほうへと、ハルマン三世は両手を差しだした。ジョウを抱きしめようとしているらしい。ハルマン三世がまっすぐに間合いを詰めてくる。

ジョウは、国王の不自然な動きをはっきりと見てとった。ぎくしゃくとしている。自分の意志で動いていない。それと、不快な〝気〟がある。国王の背後だ。壁の裏側。そこに誰かがひそんでいる。

ジョウは、接近してきたハルマン三世に足払いをかけた。ハルマン三世は足もとをす

くわれ、もんどりうって倒れた。

「ジョウ！」

アルフィンが驚き、悲鳴をあげた。

「伏せろ。アルフィン！」

ジョウは怒鳴った。アルフィンのとなりで、エリアナ王妃が小さなレイガンを構えている。

ジョウは前方回転して前に進み、エリアナの右手を手刀で打った。レイガンが跳ね飛ぶように落ちた。つづけて、水月《みぞおち》に当て身を入れた。エリアナはかすかに呻いて意識を失った。

「があっ！」

ハルマン三世がジョウを襲う。うしろからだ。顔が醜く歪んでいる。瞳に光がない。

ジョウは体をひねり、横蹴りをハルマン三世に放った。足刀がハルマン三世のあごにヒットした。ハルマン三世は仰向けに倒れ、失神した。

「ジョウ！」

アルフィンは半狂乱になっている。何がどうなっているのか、まるで理解できない。

「落ち着け。アルフィン」ジョウはアルフィンの肩をつかみ、強く揺すぶった。

「これは罠《わな》だ。ふたりとも、操られているんだ」

「なるほど」声がした。低い、くぐもった声だった。

「さすがだな」

壁が割れた。割れて、横にスライドした。

そこに立っているのは。

ガラモス。

さらに、その背後には銃を構えた兵士たちがずらりと並んでいる。

「頼もしいやつを味方につけたものよ。王女アルフィン」

ガラモスはゆっくりと前に進みでてきた。同時に、兵士たちが左右に広がり、ジョウとアルフィンを囲んだ。

「おかげで、ここまでたどりつけた。おみごとだなと褒《ほ》めておこう」

ガラモスは笑った。純白の軍服に真紅のマントという姿だ。間近で見ると、いっそうその巨軀がジョウとアルフィンを圧倒する。冷ややかなまなざしが、見おろすようにふたりを睨《ね》めつけている。

「しかし、その幸運もここで尽きた」ガラモスは勝ち誇ったように言う。

「ふたりとも、これまでだ。いさぎよく死ぬがいい」

さっと、ガラモスは右手を挙げた。太い声が、陰々と響いた。

刹那。

ジョウは右のてのひらに貼りつけておいた発信機のボタンを、指先で押した。

それは、王宮の内外に仕掛けた数十発の爆弾の点火スイッチだった。

突きあげるような振動がきた。床が波打ち、王宮がごおと揺れた。トリガーボタンをいまにも絞ろうとしていた兵士たちは、バランスを大きく崩した。狙いが狂う。ボタンを押すことができない。中には、横ざまに倒れる兵士もいる。それほどに上下動が激しい。

壁が崩れた。天井が落ちてきた。窓ガラスが割れる。床にひびが入る。瓦礫が、兵士たちを打った。悲鳴と怒号があがり、けたたましく交錯した。

「ちいっ」

ガラモスは舌を打って、口もとを歪めた。クラッシャーを侮《あなど》っていた。まさか、こんな仕掛けをしているとは、思ってもいなかった。が、動顚《どうてん》はしない。うろたえることもない。この混乱のただなかにいて、平然と立っている。さすがは大巨人だ。落ちてくる瓦礫を無視している。

ジョウは、執務机の下にいた。爆発の直後に、ジョウはアルフィンをかかえて、床に身を投げた。そのまま、机の下に入った。ジョウはクラッシュパックをおろし、中からレイガンを取りだした。ガラモスを探す。

もうもうと湧きあがる白煙の向こうに、大きな影があった。ガラモスだ。ジョウはレイガンを突きだし、その影を撃った。

当たらない。振動がひどすぎる。照準が定まらない。何発か、やみくもに撃った。影が薄くなった。視界から消えた。逃げる。形勢不利と見たガラモスが、どこかに去った。

「くそっ」

ジョウは執務机の下からでた。

「どうするの？」

アルフィンが訊いた。ショックから脱したらしい。声に力が戻っている。

「ガラモスを追う」ジョウは言った。

「アルフィンは王と王妃を！」

それだけ言って、ジョウはダッシュした。

アルフィンは両親の姿を求めた。意外に近い位置に、ふたりは倒れていた。アルフィンは、ふたりを机の下へと運び入れた。

5

ガラモスは屋上にでた。王宮の屋上はヘリポートになっている。そこに複座のVTO

Lが三機、置かれていた。ガラモス自身が配備させた機体だ。

手前の一機の操縦席に、ガラモスは飛びこんだ。キャノピーを閉じ、エンジンを始動させた。

「ガラモスっ!」

ジョウがきた。あとを追い、屋上まであがってきた。レイガンを手にしている。

ガラモスは、VTOLを発進させた。エンジン出力がまだかなり低い。それを強引に全開にする。

VTOLが上昇した。ジョウがレイガンを発射した。光条が機体をかすめる。しかし、対人兵器ではその機体を貫くことができない。

VTOLがみるみる小さくなっていく。ジョウは、べつのVTOLのもとに駆け寄った。

操縦席に乗り、エンジンに火を入れた。ここでガラモスを逃すわけにはいかない。なんとしても追いかける。必ず決着をつける。

VTOLが舞いあがった。むろん、出力を全開にする。エンジンが悲鳴をあげているが、無視した。すでに数分の差がついている。こんなことでためらっていたら、永久に追いつくことはできない。

ジョウは高度をあげた。ガラモスは水平ではなく、垂直に逃げた。高々度を目指している。なんらかの作戦があるのだろう。しかし、それを気にしている余裕は、いまのジョウにはない。

瞬時に五千メートルを越えた。レーダーにガラモス機の機影が映っている。ガラモス機は上昇をやめていない。八千メートルを越えて、なお上昇中だ。

高度一万メートルに至った。成層圏に入る。ＶＴＯＬは宇宙空間でも飛行可能になっている機種だ。が、長時間はもたない。生命維持装置のレベルが宇宙船の基準以下で、このあたりまでの高々度飛行が限界となる。

野郎、どこまで行く気だ。

ジョウがそう思ったとき。

とつぜん、巨大な影が出現した。

頭上だった。濃紺の天球を切り取る黒い影。その影は、大気圏外から降りてきた。そして、ジョウの行手に立ちはだかった。

宇宙船だ。ジョウは影の正体を知った。ステルス化されていたらしく、ＶＴＯＬの貧弱なレーダーでは、まったくその位置を確認することができなかった。

宇宙船は、戦闘宇宙艦だった。ピザン宇宙軍の巡洋艦である。全長は四、五百メートルという巨大宇宙船だ。当然、地上着陸はできない。衛星軌道上を周回していた船だ。

ジョウはメインスクリーンに巡洋艦の映像を入れた。巡洋艦の船腹に、ガラモス機が近づいている。船腹でハッチが大きくひらいた。

そういうことか。

急上昇の謎が解けた。

ガラモスは衛星軌道上に待機させていた巡洋艦を呼んだ。王宮から脱出したあとは、VTOLでその巡洋艦とドッキングし、ピザンから脱出する。あるいは反攻にでる。そういう手を考えていた。

やってくれるじゃないか。

にやりと笑い、ジョウは、さらにエンジン出力をあげた。エンジンが爆発してもかまわない。ここは、むりやり追う。何がなんでも、ひたすら突っこむ。それしかない。

ガラモス機が巡洋艦の艦内に進入した。ハッチが閉じられる。ゆっくりと閉まっていく。

ジョウは加速をやめなかった。予備ノズルも含めて、すべてのノズルを噴射し、巡洋艦に向かって突進した。

ハッチが迫った。もう半分ほど閉じている。いまはVTOLの機体幅ほどもひらいてない。

飛びこんだ。ハッチと船体との間をすりぬけたという感じになった。機体のどこかが船体に当たり、吹き飛んだ。が、ジョウは気にしない。艦内に突入できれば、それでいい。

入った。

減速する。全ノズルを逆噴射。

しかし、停まらない。ＶＴＯＬは猛スピードで滑空する。

ハッチの向こう側は、格納庫になっていた。すでに、ガラモス機は着艦している。作業員が取りつき、ガラモスは機外にでようとしている。

そこへジョウの機体が滑りこんだ。床に落ち、火花を散らした。機体がスピンする。回転し、ガラモス機に突っこむ。

激突した。

ガラモス機がひっくり返った。ジョウの機体はななめに飛び、壁にぶつかった。キャノピーが吹き飛んで、翼が折れた。そして、ようやく停まった。

ジョウは、機体から飛び降りた。ホルスターに戻していたレイガンを右手に握った。

「殺せ！」

格納庫に、ガラモスの声が高く響いた。

「そいつを殺せ！　この場で始末しろ」

赤いマントがひるがえる。ガラモスは格納庫から去ろうとしている。

ジョウは足を踏みだした。その前にわらわらと兵士が集まってきた。全員が、武装している。機銃を手に、ジョウを包囲する。

ジョウは右手に身を投げ、転がった。そこに大型のコンテナがあった、その影に隠れた。

兵士が銃を乱射する。ジョウのまわりで、銃弾が跳ねた。金属音が、激しく耳朶《じだ》を打った。

まずいぜ。

ジョウは唇を噛んだ。ガラモスを追うどころではない。兵士はざっと見て二、三十人はいる。完全にここに釘づけだ。

銃弾が足もとをかすめた。きな臭い匂いが、鼻をついた。


ガラモスは巡洋艦の艦橋に入った。

「ご無事でしたか」

艦長のフラナガンが、ガラモスを迎えた。広大な艦橋である。艦長席は、その上部に大きく張りだしている。そこにいるのは、艦長ただひとりだ。操艦担当の兵士たちは、艦橋のフロアにいる。その正面に巨大なメインスクリーンがはめこまれている。

「少し油断が過ぎた」ガラモスは言った。

「クラッシャー風情《ふぜい》と思い、甘く見すぎていたようだ」

「すぐに修正できます」フラナガンは制御卓のキーを叩いた。

「海兵隊を送りこみ、地上の叛逆者をすべて排除させましょう」

フラナガンは、ガラモスの腹心であった。計画の当初からガラモスに従い、国民総洗脳計画の中枢を担ってきた。その功により、ガラモスはかれを宇宙軍の連合艦隊旗艦艦長に任命した。戦艦が建造途中のいま、ピザン宇宙軍で最大の戦闘艦は、この巡洋艦である。予定どおり戦艦による大艦隊が完成した後には、フラナガンは宇宙軍の最高司令官に就任することになっている。

メインスクリーンの映像が変わった。

大型の戦闘宇宙艦が映った。フラナガンの巡洋艦につづいて衛星軌道から降下していた艦隊の戦闘宇宙艦である。一隻や二隻ではない。数十隻というオーダーだ。スクリーン全体が、明滅するさまざまな色の光で華やかに埋まった。

大艦隊だ。いま旗艦を中心にして、首都ピザンターナの上空に大艦隊が集結した。

「海兵隊を送る必要はない」

集まった戦闘宇宙艦の群れを目にして、ガラモスはかぶりを振った。

「何かべつの策をとられますか?」

フラナガンは訊いた。フラナガンは、催眠状態に落ちていない。根っからの忠実なガラモスの僕《しもべ》である。その言葉、その命令には絶対的に従う。

「ピザンターナを焼き尽くす」ガラモスは言った。

「もはや、ピザンターナをこのままにしておく必要はない。残しておくだけ無駄だ」

「ブラスターによる地上攻撃ですな」

「そうだ」ガラモスはうなずいた。

「艦隊すべての砲門をひらき、地上に炎の雨を降らせる。場合によってはピザンターナだけでなく、アル・ピザン全体が焦土と化してもかまわん。徹底的にやる」

「わかりました」フラナガンは口もとに薄い笑いを浮かべた。

「すぐに準備させましょう」

にわかに、艦橋が騒がしくなった。ブラスターの地上斉射には莫大なエネルギーが要る。艦隊の全戦闘艦がエネルギーの充塡作業を開始した。

スクリーンの最下部に、エネルギーゲージが表示された。その数値が、急速に増加した。ゲージの色があっという間に変化していく。

「死ね」フラナガンに譲られた艦長席に腰を置き、小声でガラモスはつぶやいていた。

「みんな死んでしまえ。アル・ピザンは焼け野原になる。誰も生き残ることなどできない」

数値がピーク寸前に至った。

まもなく、フルチャージが完了する。完了と同時に、ブラスターを斉射する。

ガラモスの背後に立ち、フラナガンは身構えた。命令を下す一瞬を待った。

あと数秒でピークに達する。

そう思ったつぎの瞬間。

いきなり数値が下がった。

ゲージが見る間に降下しはじめた。

「なんだと？」

フラナガンの顔が、驚愕で大きく歪んだ。何が起きたのか、まったくわからない。エネルギーが開放されている。サボタージュではない。意図的なエネルギーの逆流だ。人為的に切り換えないと、こういう事態に陥ることはない。

「どうした？」

前に進み、手摺《てす》りから上体を乗りだして、フラナガンは艦橋のスタッフに声をかけた。

兵士たちがおもてをあげた。首をめぐらし、頭上を振り仰いで、いっせいに艦長を見た。

「！」

その眼光の鋭さに、フラナガンはたじろいだ。

違う。

この目は暗示下にある者たちのそれではない。

「驚いたか」

背後から声が飛んだ。

ジョウの声だった。

6

フラナガンよりも早く、ガラモスが背後に視線を移した。

双眸が、ジョウの姿を捉えた。

生きている。あの包囲網を脱して、クラッシャーがここまでやってきた。

なぜだ？

と、ガラモスは思った。なぜ、あそこで討たれなかった？

ジョウがあごをしゃくった。ガラモスに向かって、そうした。ガラモスはそのしぐさにつられ、視線を正面に戻した。

メインスクリーンの映像だ。

ついいましがたまで、かれの大艦隊が映しだされていたメインスクリーン。そこに、べつの映像が入っている。

映っているのは、ふたりの男だった。顔が大写しになっている。

ひとりは子供だ。十二、三歳くらいにしか見えない。目が丸く、前歯が大きい。ある種の齧歯《げっし》類《るい》のような造作である。

そして。

もうひとりは、異相の男だった。傷だらけの顔。ホラー映画にでてくる怪物そっくりの風貌だ。睨まれると、背すじが凍りつく。

「やったぜ。兄貴！」子供のほう――リッキーが言った。

「大成功だ」

「完璧ですよ」異相の男――タロスも言った。

「逆暗示電波を発信しました。通信衛星経由でピザンの惑星すべてに中継されています。期待どおりの効果で、みんな、ぞくぞくと我に返っています。催眠解除はばっちりですな」

逆暗示電波が流された。

催眠が解かれ、人びとの意識がもとに戻った。

「閣下」

フラナガンがうしろを振り返った。ガラモスと目が合った。どちらの表情にも、ショックの色が濃い。

ふたりとも、逆暗示電波には、まったく気づいていなかった。どちらも脳の内部に対暗示チップを埋めこんでいるからだ。これがないと、電波受信機の近くに立ったとき、かれらも暗示にかかってしまう。自分の意志を保てなくなる。ガラモスは自分と自分の側近には、すべてこのチップを埋めこませていた。それが、今回、裏目にでた。

「ということだ」

ジョウが前進した。右手にレイガンを握っている。その銃口をガラモスの頭部に向けている。

「もう誰も、おまえの命令には従わない。それどころか、いまはおまえを憎悪している。憎み、怒っている。かれらはすべてを知っているんだ。呪縛から解き放たれて、かれらは自由になった。俺が何をしなくても、おまえはピザンの人びとに肉体を引き裂かれる」

ガラモスの手前、二メートルの位置でジョウは足を止めた。

「観念しろ」ジョウは言を継いだ。

「もはや降伏以外に、おまえのとるべき道はない」

「黙れ!」フラナガンが叫んだ。

「ガラモス閣下に近づくな」

フラナガンは、ガラモスとジョウの間に割って入った。いつの間にかレイガンを抜いている。その狙いをジョウにつけている。

トリガーボタンを押した。いきなり撃った。

ジョウは横に飛んだ。ひらりと動き、ビームをかわした。

隙が生じた。

ガラモスは制御卓のボタンを拳で叩いた。床が丸くひらいた。艦長席の脇だ。そこに人がひとりくぐれるほどの穴があいた。

非常脱出口である。いざというとき、艦長はここから逃げられる。そのために設けてあった。

ガラモスは穴の中に飛びこんだ。

穴の奥は、傾斜した細いトンネルになっていた。そのトンネルのスロープを、ガラモスは一気に滑りおりた。

小さな部屋にでた。小型の搭載艇が置かれている。単座の航空機だ。ここは、その格納庫である。

この格納庫は、巡洋艦の管理システムから独立して存在していた。艦橋からでは、ここを制御することはできない。ここにいるものだけが、搭載艇を発進させられる。格納庫のハッチもあけられる。

ガラモスは搭載艇に乗りこんだ。エンジンに点火し、コンソールのボタンをいくつか打った。

爆発ボルトが作動し、ハッチが吹き飛んだ。風が渦を巻く。それにあおられたかのように、搭載艇がふわりと浮きあがる。

発進した。搭載艇が巡洋艦の船外へと飛びだした。

すぐに降下を開始した。なだれ落ちるように、高度を下げる。急降下し、地上近辺で水平飛行に移って行方をくらます。ガラモスはその手を選んだ。搭載艇も一応武装しているが、その搭載火器はあまりにも貧弱だ。空中戦はとてもできない。逃げるのが精いっぱいである。

しかし。

その動きは完全に読まれていた。

「だめだよ。おっさん」リッキーの顔が、搭載艇のスクリーンに映った。

「俺らたちが、ここにいるんだ。逃げられない」

下から、小型の外洋宇宙船が上昇してきた。それが〈ミネルバ〉という名の船だとは、ガラモスは知らない。が、クラッシャー専用船だということはわかる。船体側面に、クラッシャーであることを示す流星マークが鮮やかに描かれているからだ。

「諦めるんだな」顔がタロスのそれに変わった。

「ミサイルの一発で、その搭載艇は吹き飛ぶ。離脱は不可能だ」

「そうかな？」

ガラモスは操縦桿をひねった。

搭載艇がうねるように反転した。

「本当にだめなんだよ」

ジョウの顔がスクリーンに映った。レーダーの光点がひとつ増えている。増えたのは、小型機の光点だ。反転した搭載艇の針路を、何ものかがふさいでいる。

ジョウだ。

ジョウが追ってきた。巡洋艦から脱し、宇宙戦闘機で追ってきた。いまはもうガラモスの眼前にまで迫っている。

行手にジョウ。背後に〈ミネルバ〉。

搭載艇は、はさみ討ちにされた。

「いさぎよくないぜ」ジョウが言う。

「艦長は自決した。おまえも引き際を誤るな」

「うるさい！」ガラモスは怒鳴った。

「俺ひとりでは死なん」

ガラモスの指がコンソールのスイッチをいくつか弾いた。

唐突に静寂が生じた。搭載艇のコクピットが、しんと静まりかえった。

エンジン停止。機関が停まった。搭載艇は飛行能力を失った。

墜落する。推力をなくした航空機は、ただの金属の塊である。落下するほかはない。搭載艇はまっすぐに落ちた。瞬時に高度が三千メートルを切った。低空で待ち受けていた〈ミネルバ〉の横を、コンマ数秒で通過した。いかなタロスでも、この予想外の動きには反応できない。

高度二千メートルに至った。

そこで、ガラモスはエンジンを再起動させた。再上昇はむずかしい。だが、機体のコントロールはできる。このまま望む場所に特攻することができる。捨て身の戦法だ。

ガラモスの望む場所。

王宮である。

ガラモスは搭載艇の機首を王宮に向けた。

あそこには、まだ国王と王妃がいる。ならば、地獄行きの道連れにしてやる。

最後の最後で、ガラモスは意地を見せた。ただでは死なない。

ジョウは最高加速で搭載艇を追撃した。しかし、追いつけない。距離がひらきすぎている。

王宮を囲む照明灯の光が見えてきた。ガラモスはスクリーンにその映像を入れ、輝度を調整した。昼間の映像のように、王宮の輪郭がスクリーン全体にくっきりと浮かびあがった。

と。

何かが光る。照明灯とは違う光だ。王宮の手前である。ガラモスは目を凝《こ》らした。

ＶＴＯＬ。

ＶＴＯＬが一機、王宮の屋上から発進した。光は、その翼端のライトだ。

誰だ？　誰があれに乗っている？

ガラモスは動揺した。

ＶＴＯＬの搭乗者。

アルフィンだった。

アルフィンは、ハルマン三世とエリアナ王妃を薬で眠らせた。王宮は外部からの電波が遮断されている。逆暗示電波も、王宮内部には届かない。だから、いったん麻酔をかけた。そして、アルフィンは屋上にあがった。屋上にでて、手首の通信機を使い、現況を知ろうとした。ジョウ、リッキー、タロスのやりとりが傍聴できた。ガラモスが王宮に向かっている。追いつめられたガラモスが搭載艇で王宮に突入し、自爆しようとしている。

そんなマネはさせない。

アルフィンは決意した。その暴挙はピザンの王女、アルフィンが食い止める。

屋上にＶＴＯＬが一機、残っていた。アルフィンは、それに乗った。

発進してすぐに、ガラモスの搭載艇と遭遇した。搭載艇はもう目と鼻の先にまで迫ってきている。

「ガラモス」アルフィンは、自身の声をガラモスのもとに送りこんだ。

「あなたの野望は、すべて阻止します。王宮への突入も許しません」

ビーム砲の発射トリガーを起こした。レバーを握り、トリガーボタンに指をかけた。

「受けなさい。ピザン国民の怒りを。その鉄槌《てっつい》を！」

アルフィンは、トリガーボタンを押した。ビーム砲がほとばしった。まっすぐに伸び、その一条が搭載艇の尾部を灼いた。そこにはメインエンジンがある。

搭載艇が針路を変えた。機体が大きく揺れ、弧を描いた。

ガラモスはノズルを操り、体勢を立て直そうとした。しかし、できなかった。メインエンジンを射抜かれて、搭載艇は姿勢制御能力を失した。

正面にジョウの乗る宇宙戦闘機があらわれた。

「残念だったな」ジョウは言った。

「おまえはもう絶体絶命なんだ」

ガラモスは呪いの言葉を吐いた。ジョウをそしり、ピザンを罵倒《ばとう》した。

「…………」

ジョウは無言でミサイルの発射ボタンを押した。

二基のミサイルが闇を切り裂いて飛んだ。

搭載艇を直撃する。

火球が広がった。爆発し、炎が夜空を赤く染めた。

搭載艇が虚空に散る。微塵に砕け、四散する。

「ジョウ！」

アルフィンがジョウを呼んだ。

「アルフィン」

ジョウも、アルフィンに応えた。

「やっほー！」リッキーの声がその上に重なった。

「仕事完了だね」

「こんな……ところかな」

タロスが、ぼそりと締めた。

7

出発までの数週間は、めまぐるしいの一語に尽きた。

〈ミネルバ〉のドック入り、補給品の調達は当然である。しかし、ピザン各惑星での解放記念パーティ、歓迎式典、果てはジョウとガンビーノの銅像の除幕式となると、これはもう明らかに無用の行事である。クラッシャーにとっては、苦痛以外の何ものでもない。

たいていのことでは弱音を吐かないクラッシャーも、この日程にはまいった。疲労困憊《こんぱい》の極に達した。だが、逃げだそうにも〈ミネルバ〉は修理中である。やむなく、ジョウ、リッキー、タロスの三人は、すべての公式行事に付き合い、出席した。改修なったジル・ピザンのプラットホームの開通式でテープカットもおこなった。

そして、事件解決からきっかり三週間後。

待ちに待った出発の日がきた。シリウスでの仕事開始の直前である。

出発前に、盛大なお別れ式典というのが催された。国家主催の一大セレモニーである。うんざりするほかない式典だったが、これで最後だということで、三人は耐えた。これさえ終われば、また、あの楽しくてスリリングなクラッシャーの生活に戻ることができるのだ。それを思えば、この程度の我慢、なんでもない。

三時間に及ぶ来賓挨拶と、数千人を相手にした握手をすませて、ジョウたちは〈ミネルバ〉に搭乗した。

歓声に送られ、発進する。長いクラッシャー人生の中、こんな扱いを受けたのは、タロスにしてはじめてである。

「できれば、これっきりにしてもらいたいね」

タロスはぼやいた。

ぼやきながら、〈ミネルバ〉を加速させた。加速六十パーセントは、太陽系内では異例の猛加速である。ただひたすらピザンから逃げだしたいという気持ちがはっきりとあらわれている。

あっという間に、ピザン星域を離脱した。あとはワープポイントをめざすだけである。

「やったね。宇宙だ！」

まずリッキーが叫んだ。

「生き返るぜ」

ジョウはコンソールに足を投げだした。表情が、これ以上ないほどにやわらぐ。

「やはり、クラッシャーには宇宙が似合っています」

タロスの口からは鼻歌が漏れた。巨体が弛緩《しかん》している。

「さっさと礼金を払い、さっさと追いだしてくれればいいのに、やたらと引き止めたがるんだもん」レッキーが言った。

「こっちが困っているの、わからないのかなあ」

「こんなことなら、金は諦めて、〈ミネルバ〉の修理完了と同時に衛星軌道のドックから逃げてしまえばよかった」

ジョウが言う。

「そんなことしたら、アルフィンが承知しませんぜ」

にやにやと笑い、タロスが言った。

「そうそう」リッキーが同意した。

「でも、アルフィンっていえば、お別れ式典の会場にいなかったんじゃない？」

思いだしたようにつづけた。

「たしかに」タロスがうなずいた。

「国王と王妃はいたが、その横には誰もいなかった」

「きっと兄貴と別れるのがつらかったんだよ」リッキーはジョウを指差した。

「アルフィン、兄貴に気があったみたいだから」

「リッキー！」

ゆるんでいたジョウの表情が、険しくなった。

「いまごろ、アルフィン、兄貴の銅像の前でしくしく泣いているんだぜ」

「やめろ。リッキー！」ジョウの目が高く吊りあがった。

「言いすぎだ。そのへんにしておけ」

「兄貴、赤くなってるよ」

「うるさい！」

「ん？」

　タロスの声が響いた。

　口争いをはじめかけていたジョウとリッキーは、その声に機先をそがれ、首をめぐらして〈ミネルバ〉のパイロットを見た。タロスは眉をひそめて、コンソールの一角を覗きこんでいる。

「どうした？」

　ジョウが訊いた。

「こいつも赤くなっています」

　タロスは、LEDのひとつを指し示した。船内質量表示の警告用LEDである。〈ミネルバ〉のメインコンピュータは、あらかじめインプットされた総質量に基づいて、すべての消費エネルギー計算をおこなっている。このLEDの赤色点灯は、その総質量に狂いが生じていることを示す。明らかな異常事態だ。場合によっては重大な事故にもつながりかねない。

「リッキー、異常箇所のチェックだ」ジョウはすぐに指示を発した。

「タロスは、加速を中断しろ。慣性航行に移行する」

「了解」

　タロスとリッキーの声が、きれいに重なった。たるみきった時間は、もう終わりだ。

操縦室に、緊張がみなぎった。

慣性航行に入った。リッキーが船内各区画ごとの質量調査を開始した。パネルのキーをつぎつぎと叩く。それに応じて、スクリーンに数字が表示される。

「あった」リッキーが叫んだ。

「異常箇所は第六船室」

「なに？」

「第六船室？」

ジョウとタロスが顔を見合わせた。

その船室は、ついこのあいだまで、アルフィンの専用ルームとなっていた部屋だ。

ということは。

「まさか！」

「嘘でしょ」

ジョウとタロスがシートから飛びだした。ふたり並んで、走りだす。

「待ってよ！」

リッキーがふたりを追いかけた。

通路を抜け、階層を下って、三人は第六船室に入った。

ドアをあけると、その目の前には。

「アルフィン！」

　三人は凝然と立ち尽くした。

　そう。第六船室には、アルフィンが立っていた。赤いクラッシュジャケットをきちんと着こんだ姿で。

「あららら」にっこりと微笑み、アルフィンは言った。

「もう見つかっちゃった」


「だめだ！」怒鳴るように、ジョウが言った。

「絶対に許可できない」

　操縦室は大騒ぎである。

　アルフィンを連れて、三人は操縦室に戻った。そこで、彼女をどうするかの議論になった。

「アルフィンは、ピザンの王女だ。国民に対して、ピザンに留まる義務がある」

「そんなことない」ジョウの言に、アルフィンは反論した。

「ピザンの王制は、ちょっと違うの。国王は国民の中から適性検査によって選ばれ、専門の教育を受けた人がなるの。王女といえども、王位継承権はなし。だから、あたしがピザンに留まる義務は、どこにもありません。そういうことになってるの」

「適性検査は、アルフィンも受けたんだろ?」

リッキーが訊いた。

「受けたわ。でも、落ちちゃった。あたし、王族に適していないのね」

「わかる気がする」

「なんですって?」

「とにかくだめだ!」ジョウが繰り返した。

「へたをすると、俺たちは誘拐罪でピザン政府に国際手配されてしまう」

「それなら心配ないわ」アルフィンはジョウに向き直った。

「おとうさまもおかあさまも、承知してくださったの。あの人たちのチームに入るのなら、何も心配しなくてすむからと」

「信じられねえ」

タロスが肩をすくめた。

「俺たちは命懸けでクラッシャーをやっている」ジョウが言った。

「お姫さまのお遊びをしているんじゃない」

「お遊びって何よ」アルフィンの柳眉《りゅうび》が逆立った。

「あたしは〈ミネルバ〉に乗って、クラッシャーこそあたしの進むべき道だと真剣に悟ったのよ」

「アルフィンは、ジョウと一緒にいたいだけだろ」

リッキーがまぜっ返す。

「うっさい。ガキはすっこんでて！」

アルフィンは一喝《いっかつ》した。

「ひい」

リッキーは怯えた。たしかに、もうアルフィンにお姫さまという雰囲気はない。口調までもがクラッシャーになりきってしまっている。

「とにかくピザンに戻る」

ジョウが宣した。

「それは無理です」

タロスが言った。

「どうして？」

「いまピザンに戻ったら、期限までにシリウスに到着できません。それに、うかつに戻ると、またあのとんでもないセレモニー漬けに陥りますぜ」

「じゃ、じゃあ、シリウスでアルフィンを降ろす。定期便でピザンに帰ってもらう」

「いや。あたし帰らない」

アルフィンは腕を組み、そっぽを向いた。

「アルフィン！」

ジョウの声が裏返った。

「ひとつ提案があるんですが」

おそるおそるタロスが言った。

「言ってみろ！」

血走った目で、ジョウはタロスを見た。

「試験採用ってのはいかがでしょうか？」

「ふざけるな！」

「考えてもみなさい。ジョウ」いきりたつジョウを、タロスは懸命になだめた。

「俺たちはガンビーノという腕のいいコック兼航宙士を失ってしまったんですぜ」

「それが、なんだ」

「あたし料理は得意よ。ちゃんと学校で習ったの。航宙士だってできるわ。たぶん」

アルフィンが割りこんだ。

「うー」

ジョウはうなるほかない。

「兄貴」リッキーが口をはさんだ。

「兄貴だって、本当はアルフィンにいてほしいんだろ」

鋭いことを言う。

「うー」

ジョウはうなるほかない。

「これで、決まりにしませんか」

タロスが言った。もう決まったような口調だった。

「しかし、密航して押しきられたんでは、チームリーダーとしての立場が……」

「なに言ってるんです」タロスは声をあげて笑った。

「密航してクラッシャーになった例がないとでも言うんですかい？」

「いや、それは……そうじゃないんだが……」

「じゃあ、いいんですね」

タロスは念を押す。

「わかった。もういい！」ジョウはやけくそになった。

「タロス、シリウスに向けてワープインだ。リッキー、動力の最終点検。アルフィンは、空間表示立体スクリーンのシートにつけ。座標の調整と確認をおこなう」

「え？」アルフィンの目が丸くなった。

「クラッシャーにしてくれるの？」

「三対一で勝てるか」

　ジョウは憮然《ぶぜん》としている。

「きゃあっ。ジョウ、ありがとう！」

　アルフィンは爆発的に喜んだ。ジョウに抱きつき、その胸に顔をうずめようとした。

　ジョウは真っ赤になった。アルフィンを引きはがし、あわてて副操縦席に逃げた。

「きょうは最高！」

　アルフィンは空間表示立体スクリーンのシートに向かった。リッキーの脇を抜けた。

　そのとき、囁くように尋ねた。

「ねえ、密航してクラッシャーになった人って本当にいるの？」

「ああ」リッキーは大きくうなずいた。

「俺らがそうさ」

「ええっ？」

「俺ら、二年前に密航して、クラッシャーになったんだぜ」

　リッキーは胸を張った。

「そうだったの」

　アルフィンは笑いだした。リッキーも笑った。つられて、ジョウもタロスも笑い声をあげた。

「ワープポイントです」

笑いながら、タロスが言った。
〈ミネルバ〉はワープに入った。

あとがき

想像だにしていなかったことですが、「クラッシャージョウ」が早川書房から出版されることになりました。

事情は、みなさまよくご存じのとおりです。朝日ソノラマがなくなってしまいました。どうしようかと思っていたら、早川書房さんからうちに移さないかと打診があり、そのご厚意をありがたくお受けすることにしました。カバーイラストも、全面的に描き直しです。安彦良和さん、ありがとうございます。この場を借りて、お礼を申し上げます。

さて。

この「クラッシャージョウ」シリーズは、リニューアル版です。リニューアルには、理由がありました。そのいきさつを今回も記しておいたほうがいいと判断し、ソノラマ文庫のリニューアル版に掲載した文章を、おおむねそのままこちらにも載せておきます。

今回は、これがあとがきの代わりということで、ご了承のほど、よろしくお願いいたします。

…………

「クラッシャージョウ」シリーズを書き直したのは、最初に書かれた第一巻がシリーズ化を考えないで書かれたものだったからです。出版されるあてもなく、単独のスペースオペラとして一気に書きあげた作品。それが第一巻です。クラッシャージョウがシリーズ化されることになり、設定のいくつかをあれこれといじりはじめたのは、その後の話です。第一巻には、その余波がそこかしこに漂っています。他の巻とは、明らかに別物になっているのです。これをなんとかしなくてはいけません。

それともうひとつ、誤りや失敗を修正するという理由もありました。へただからなんとかしたかった、とあからさまに言ってしまってもいいことです。でも、へただから直すというのは、あまり感心できる理由ではありません。ですから、はっきりとそうは書きません(書いてるけど)。しかし、理由としては、密かに存在しています。

わざわざ言うまでもないことですが、「クラッシャージョウ」は、わたしのデビュー作です。デビュー作なんて、よほどの天才作家でない限り、おおむねへたです。へたですが、それに代わるよさといったものが、その中にあります。情熱とか、必死で書きあげようとしている雰囲気とか、そういったもろもろの、目に見えない何かです。それがデビュー作にはあります。へたという理由で書き直せば、それをも否定してしまうことになり、あとには何も残らなくなってしまいます。とはいえ、実際問題として、へたはへたです。明白な事実です。否定はできません。

そんなわけで、公式には最初の理由のみにより、第一巻を書き直すことにしました。へた云々は、おまけの理由です。実は本音なんだけど、便宜上、付記された理由。そのように理解してください。


つぎに、「アートフラッシュ」について述べておきます。

出版して、かなりあとになってからのことですが、「アートフラッシュ」は、ハミルトンの「スターウルフ」シリーズにでてくる「アトフラッシュ」から借りてきたものではないかという指摘を受けました。調べてみると、びっくりです。名称も設定も、ひじょうによく似ています。でも、そうなったいきさつが、さっぱりわかりません。いろんなところで語っていますが、「クラッシャージョウ」シリーズの原形は、わたしが高校生のときに漫画用の創作ノートに書きつけた覚書です。当時、わたしは漫画研究会を主宰していました。主宰といっても、わたしが描いていたのは、四コマ漫画です。いわゆるストーリー漫画ではありません。そこで、思いついたストーリー漫画向きのアイデアやネタを誰かに原作として押しつけられないかと思い、創作ノートに文字で記すようにしていたのです。「クラッシャージョウ」を書くときは、この覚書をそっくり利用しました。もちろん、設定は覚書そのままを踏襲したものではありません。多少は変えました。しかし、クラッシュジャケットやアートフラッシュ、宇宙船〈ミネルバ〉などの名称は、覚書どおりのものを使用しています。

一方、「スターウルフ」は、わたしが大学に入ってからハヤカワSF文庫の一冊として出版された作品です。時間の流れで見れば、高校時代につくった物語の覚書に、その名称を書き記すことはできません。古いことなので、記憶もあやふやになってきていますが、わたしにとって、これは偶然であるとしか言いようのない合致です。そういうことになります。そもそも、わたしは他人のつくった名称や設定をこっそりと借りたりはしません。堂々と借ります。借りるときは出典を明記したり、作者に断ったりして、あからさまに流用します。「クァール」がそうです。アニメの設定屋時代につくった「超電磁ヨーヨー」という武器も、事前に「スケバン刑事《デカ》」の和田慎二さんに電話して「貸してください」とお願いしました。いいものは、どんどんおおっぴらにまるごと借りる。それがわたしの方針です。こんな曖昧な借り方は、絶対にしません。断言できます。

しかし、経緯がどうであれ、この類似はいけません。これは、わたし自身のルール違反です。本来、出版前に気づいてしかるべきでした。執筆時には、ちゃんと「スターウルフ」を読んでいて、修正することが可能だったんですから。間違いなく、わたしのチェックミスです。大失敗といってもかまいません。

今回、このことをわたしはここにはっきりと記した上で、「アートフラッシュ」という名称もべつのものに変更しようと思っていました。しかし、どう変えても、不自然です。しっくりきません。クラッシャージョウでは「アートフラッシュ」。自分で言うのもなんですが、そういう名称が定着してしまったように感じます。

そこで、名称を変えるのは、やめることにしました。この件について事情を明らかにし、名称はそのままとすることにしました。ご了承のほど、よろしくお願いいたします。

最後に、ラストシーンのことを書いておきます。

読んだ方はもうおわかりでしょうが、今回、ラストを大きく変えました。

最初、原稿を書きあげて朝日ソノラマに見せたとき、この作品は、ガラモスを倒したところで終わっていました。が、それに対して、編集部から注文がでました。

「スペースオペラなのに、地上でちまちまと終わっている。これは、あまりよろしくない。書き直しましょう」

そういう注文でした。

この注文は、正論です。正しい指摘です。わたしは、言われたとおりに新しいラストシーンを考え、追加しました。

しかし、このラストシーンは、いまひとつ不出来です。戦争を止めるだけなんて、あまりにもクラッシャーらしくありません。でも、当時のわたしにはこれが限界でした。このようにしか書けなかったのです。

今回の修正では、覚書に書かれていたとおり、ガラモスを倒したところで終わることにしました。ただし、そのシチュエーションは大幅に変えてあります。あれから、二十数年。それなりに読ませるための技術も向上したということです。それにより、当初の発想に近いラストシーンに戻すことができました。読まれる方には、いろいろとご意見もおありでしょうが、そういう事情があったということで、この新エンディングをお楽しみください。そのようにしていただけると、とても幸甚です。

…………

追記。

この版では、早川書房編集部の協力を得て、細かいところまで徹底的に見直し、定本に近いレベルまで修正を加えました。磨きに磨いたリニューアル版です。できれば、はっきりと「定本」と謳いたいのですが、わたしのことですから、いつまたあれこれ手を入れたくなるのか予測ができません。だから、定本であるとまでは言いきりません。とりあえず、かなり定本に近いクラッシャージョウ決定版になったとご理解ください。よろしくお願いします。

高千穂　遙

本書は２０００年11月に朝日ソノラマより刊行された
改訂版を加筆・修正したものです。

クラッシャージョウ2

撃滅！　宇宙海賊の罠

高千穂　遙

惑星改造技術の発達により、人類が居住できなかった惑星にも植民が可能になったため、それまでの惑星国家は、太陽系全体をひとつの政府が統治する太陽系国家へと生まれ変わっていた。そんな太陽系国家のひとつタラオの大統領から、直接ジョウのチームに、銀河系の至宝と呼ばれる稀少動物、ベラサンテラ獣の護送という依頼があった。予想される宇宙海賊の襲撃を避けるため、ジョウはチームのアルフィンに陽動作戦を命じる。

クラッシャージョウ3

銀河系最後の秘宝

高千穂 遥

ジョウたちが発見した難破宇宙船には瀕死の老人が乗っていた。彼は「銀河系最後の秘宝」という謎の言葉を遺して息絶える。その直後〈ミネルバ〉は正体不明の円盤機群に襲撃された。老人から託された暗号データを解読すると、それは、銀河系最大の富豪、ドン・グレーブルからジョウへの仕事の依頼だった。彼はみずからが築きあげた巨万の富にかかわる秘密を明らかにし「銀河系最後の秘宝」の探索を依頼してきたのだった！

クラッシャージョウ11

水の迷宮

高千穂 遙

水中行動に特化した能力を持つ傭兵アプサラは、銀河連合の管理のもと、二つの勢力が内戦を展開している、水の惑星マルガラスでの軍事活動に従事していた。その内戦のさなか、マルガラスの先史文明調査チームの責任者ディーラーを護衛するため、ジョウとアルフィンは海底遺跡調査船に乗り組んでいた。しかし戦闘に巻きこまれた際に、アプサラと接触したことで、調査は二つの勢力の思惑をめぐって意外な方向へ転がり出す！

ハヤカワ文庫

クラッシャージョウ12

美神の狂宴

高千穂　遙

銀河の至宝とされる重要美術品を輸送する船の護衛任務のため、ジョウのチームは惑星アフロディーテに降り立った。任務は無事終了したが、動力パーツの交換作業に向かったリッキーが、不可解なテロに巻きこまれ瀕死の重傷を負ってしまう。暗闘する不気味なテロリストの目的は何か？　そしてその裏にあるものは？　美の惑星を舞台に、謎の美人双子姉妹も介入して、不穏な策謀と異常な欲望をはらんだ壮絶な戦闘が今始まる！

ハヤカワ文庫

クラッシャージョウ別巻2

ドルロイの嵐

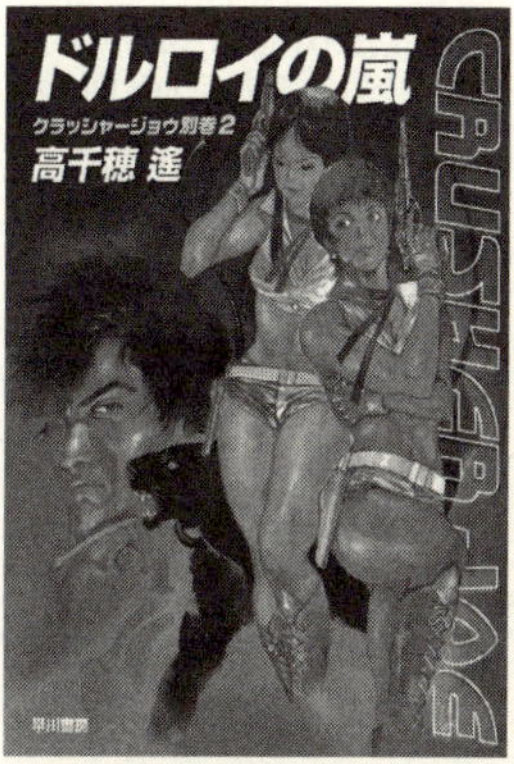

高千穂 遥

海洋惑星ドルロイの二代目総督カネークは、クラッシャーダンのチームに、海洋に大陸をつくる惑星再改造を依頼した。主力製品〈アクメロイド〉の生産力強化のための方策だが、その真の狙いは、地道に海洋開発を進めようとするクラーケン一派の一掃にあった。カネークの意図を知り、あくどいやり口に怒りを覚えながらも契約を破棄できずにいるダンの前に現われたのは、現地調査のために派遣されてきたダーティペアだった！

ハヤカワ文庫

著者略歴　1951年生，法政大学社会学部卒，作家　著書『ダーティペアの大冒険』『ダーティペアの大復活』『ダーティペアの大征服』（以上早川書房刊）他多数

HM=Hayakawa Mystery
SF=Science Fiction
JA=Japanese Author
NV=Novel
NF=Nonfiction
FT=Fantasy

クラッシャージョウ①

連帯惑星《れんたいわくせい》ピザンの危機《きき》

〈JA935〉

二〇〇八年九月二十五日　発行
二〇二四年六月　十五　日　二刷
（定価はカバーに表示してあります）

著者　高《たか》千《ち》穂《ほ》遙《はるか》
発行者　早川浩
印刷者　矢部真太郎
発行所　株式会社　早川書房
郵便番号　一〇一 - 〇〇四六
東京都千代田区神田多町二ノ二
電話　〇三 - 三二五二 - 三一一一
振替　〇〇一六〇 - 三 - 四七七九九
https://www.hayakawa-online.co.jp

印刷・三松堂印刷株式会社　製本・株式会社明光社

ISBN978-4-15-030935-0 C0193